目次

小学館文庫

銀の玉簪

八丁堀強妻物語〈二〉

岡本さとる

小学館

銀の玉簪　八丁堀強妻物語〈二〉

第一章　孫娘

（一）

朝から冬の冷たい雨が降り続いていた。

「さすがに人出は少ないな……」

大川《おおかわ》橋の袂《たもと》で、芦川柳之助《あしかわりゅうのすけ》は呟《つぶや》いた。

日は陰り、雨に煙《けぶ》る橋の向こうは何も見えない。

対岸の向島《むこうじま》へ渡ってみようかと思っていたが、

——まずこんな日に、娘達が外出《そとで》をすることもなかろう。

そんな気にさせられる。

このところ、娘が行方知れずになったとの訴えが数件出ていた。この〝神隠し〟を重く見て、

「心して見廻《みまわ》るように」

廻り方同心達には一様にそのような通達があったのだが、定町廻《じようまち》りから隠密廻りとなった柳之助には、一層の期待が南町奉行所から向けられていた。

隠密廻りは、市井に流れる風聞などに耳を傾け、それを奉行に報告する役儀である。

それゆえ、定町廻り、臨時廻りの同心とは違って、変装をして見廻りに当る日も多い。

この日も柳之助は、鯔背《いなせ》な町の若い衆の姿で、傘を手に浅草《あさくさ》の盛り場を歩いていたのだが、こう体中が濡《ぬ》れそぼっては風邪をひきそうだ。

——一旦、役所へ戻るか。

これといった収穫もなく、柳之助は少し離れた辻《つじ》の角にいる小者《こもの》の三平《さんぺい》に、目で合図を送った。

定町廻りの頃は、柳之助に従い、いざという時のための捕物用具一式が入った御用箱を背負って町を歩いた三平であった。

しかし、柳之助が隠密御用を務めるようになると、そんな目立つことは出来ない。変装での見廻りの時は、付かず離れず、彼もまた町の男の風情で見廻りにそっと従っているのだ。

「承知しました……」

と、目で応えて、三平は頷《うなず》いてみせた。

その時であった。

橋へさして、若い娘が駆けてくるのが見えた。

傘もささず、濡れ鼠《ねずみ》で素足のまま髪を振り乱し、恐ろしい形相である。

声をかける間もなく、娘は橋へ足を踏み入れた。

大川橋は渡るのに銭がいる。

橋番が慌てて出てきて、娘を制止しようとしたが、勢いのついた娘はそれを振り切ると、そのまま橋の上から、暗い大川へと身を投げた。

一瞬の出来事に、橋番も周囲の者も皆呆気《あっけ》にとられたが、やがてばたばたと娘の姿を探しに川端へ向かった。

柳之助も、娘の姿を求めんとしたが、娘のあとから駆けてきた三十絡みの男に目が行った。

男は頬被《ほおかむ》りをしていて、たたんだ傘を手に、濡れながら駆けてきたのだが、娘が橋から身を投げたのを見て、すぐさま踵《きびす》を返して、浅草寺《せんそうじ》前の広小路へと逃げるように走り去った。

その際、袖をまくりあげた男の左腕の付け根辺りに、般若《はんにゃ》の彫り物が見えた。

三平は柳之助の想《おも》いを察し、般若の男のあとを追った。

この辺りの呼吸は、もうぴったりと合うようになってきている。

柳之助は、怪しげな男よりも、今は身投げをした娘が気になる。

大川の岸辺に駆けつけると、橋番がてきぱきと指示を出して、川へ船を出させている。

柳之助は、野次馬を装って、

「娘は浮かんできたのかい？」

橋番にそっと囁《ささや》いた。

誰だこの野郎はという顔で、橋番は柳之助を睨《にら》みつけたが、

「こいつは旦那でしたか……」

すぐに柳之助が、町方の同心であることに気付いて、小声で応え畏《かしこ》まった。

定町廻りの頃からの顔馴染《かおなじ》みで、

「何かの折には、よろしく頼むぜ」

と、隠密廻りになってからも、手懐《てなず》けていたのである。

「いえ、それが、身を投げた後は一度も……」

橋番は、苦い表情を浮かべた。

これまで何人もの男女が身を投げた大川橋である。日頃から気をつけているのだが、今は為《な》す術《すべ》もなかったのが、彼なりに悔しかったのであろう。

「そうかい……。助からねえだろうな」

柳之助は溜息《ためいき》交じりに言うと、その場を離れて柳の木の下へと体を移した。

やがて三平が、こちらもまた苦い表情を浮かべて、息を乱しながら戻ってきた。

三平は柳之助の姿を認めると、

「面目ありません。見失ってしまいました」

がっくりとして報《しら》せた。

「無理もねえよ……」

柳之助は労《ねぎら》いつつその場から離れた。

こんな天気とはいえ、広小路には参詣人、遊客に加えて、荷を運ぶ者や行商人も多く行き交う。

傘の花が咲いているとなれば、見失うのも無理はない。

それに一見しただけでは、男が身投げした娘と何か関わりがあるかどうかはわからない。

しかし、柳之助の目には、あの般若の彫り物が未《いま》だに焼きついていて、どうにも気になるのだ。

「よく降りやがるぜ」

柳之助は、降り止《や》まぬ雨を見ながら、恨めしそうに呟いた。

（二）

古《いにしえ》の豪傑とは、このような男であったのではなかろうか。

外山壮三郎《とやまそうざぶろう》を見ると、大抵の者はそう思うであろう。

身の丈は六尺近くあり、ぶ厚い肉体は鋼のように引き締まっている。

顎の張ったいかつい顔は、眉が太く目鼻立ちがはっきりとしている。

彼は南町奉行所の定町廻り同心である。

歳《とし》は芦川柳之助と同じ二十四。

柳之助とは剣術道場も学問所も同じで、八丁堀《はっちょうぼり》の幼馴染《おさななじみ》という間柄であった。

柳之助がそうであったように、壮三郎も先頃父親を亡くし、柳之助の隠密廻りへの役替えによって、見習いから彼の役儀を引き継ぐことになった。

柳之助は、変装した上での見廻りの折、町で壮三郎を見かけると、

――壮三郎が歩いている。

当り前のことがおかしくて、つい笑ってしまう。

廻り方の八丁堀同心は髪は小銀杏《こいちょう》に結い、着流しに黒紋付の巻羽織、紺足袋《こんたび》に雪駄ばきで颯爽《さっそう》と道行くのが決まりのようになっている。

その姿は粋で、町の女達からは、

「好いたらしい旦那」

と騒がれるものなのだが、この壮三郎だけはさにあらず。

「羽織の裾が邪魔にならぬのでよい」

と巻羽織こそしているが、

「これでは町の者達と変わらぬではないか」

と、髷《まげ》は小銀杏にはせず、大銀杏に結っている。

腰にはいかにも武張った剛刀・胴田貫《どうだぬき》をさし、肩を怒らせて町を歩く姿はなかなか

に壮観で、町の破落戸《ごろつき》達は壮三郎を見かけると、お愛想すら言えずに、こそこそ逃げ出してしまうのだ。

とはいえ、定町廻り同心は何かの折には町人に姿を変えねばならぬ局面もあるのだから、町人と区別がつきにくい小銀杏に結っておくべきだという意見もある。

しかし、誰も何も言わぬのは、

「町の衆に化けたところで、奴《やつ》を見ればすぐに武士とわかってしまう」

からであるらしい。

定町廻り同心に、一人くらいこういう男がいても好《よ》いだろうし、熱血漢で心やさしき外山壮三郎を慕う町の者も多く、

「いざとなれば、相撲取りに化ければよいのだよ」

と、奉行所でも愛すべき存在となっているのだ。

柳之助は、隠密廻りになってからは、壮三郎をよき相棒としている。

隠密廻りは、表向きには証拠収集のために秘密裏に動く任務であるから、その場で咎人《とがにん》を捕縛したりはしない。

昨日の娘の身投げも、近頃〝神隠し〟にあう娘が数人出たので、それに繋《つな》がる情報を求めて変装の上、見廻るうちに出くわした一件であった。

その後の娘の探索と、身元調べなどは壮三郎が手先を動かして調べを進めていた。

そして今朝になって、身投げした娘と思われる骸《むくろ》が御厩河岸《おうまやがし》に打ち上がった。

娘を目撃した者は橋番の他にも数人いて、

「昨日の娘に間違いございません」

皆一様に証言したのでそうと知れた。

今日は一転して晴天となった江戸の町で、壮三郎の指揮の下で取り調べが行われ、

「すぐに娘の身元がわかったぞ」

と、柳之助は夕刻になって、奉行所の同心詰所で、壮三郎の報告を受けたものだ。

「さすがは壮三郎だな」

柳之助は、少し冷やかすように壮三郎を労ったが、壮三郎はというと、

「まったく、こんなことがあってよいのだろうか」

にこりともせずに憤った。

「身投げした娘は、おいとといってな。浅草の誓願寺《せいがんじ》脇の裏店《うらだな》で、父親と二人で暮らしていたそうな……」

おいとは十八歳。

五年前に母親を亡くし、綿摘みをしながら父親の円三《えんぞう》を助けてきた。

円三は鋳掛屋で、ここ数年は病がちで随分と貧しい暮らしを送っていた。

おいとは、そんな父親のために綿摘みをして暮らしを支えていたのだ。

なかなかの縹緻《きりよう》よしで、方々から妻にと望まれていたが、自分が嫁に行ってしまえば、父親が困るであろうと、未だ独りで内職に精を出してきたのだ。

「それが、大川橋から身を投げたのだ。これにはよほど深い理由《わけ》があるのに違いない」

壮三郎はそのように見ていた。

彼の嘆きは止まらなかった。

父娘《おやこ》は寄り添って、仲よく暮らしていたのに違いない。

娘が内職の品を届けると言って出たまま帰ってこないので、円三は心配して方々に出向いて探し歩いた。

それが功を奏し、壮三郎の手先の者達が、身投げした娘がおいとではなかったかと、すぐに当りをつけ、円三に問い合わせたのであった。

「まさか、おいとが……」

すぐに骸を検《あらた》めた円三は、娘だと認め、号泣した。

貧しいながらも父娘で励まし合って暮らしてきた。

綿摘みは、黒い塗り桶《おけ》で綿を延ばし、小袖に入れる綿や綿帽子などを作る仕事である。

中にはその姿を見せて、売色をする娘もいたというが、

「おれもこのところは体の具合もよいから、無理に稼ごうなどとはゆめゆめ思ってくれるなよ」

と、日頃から言い聞かせていた。

「お父《と》っさん、大丈夫ですよう。お父っさんのために、うんと稼ぎたいところだけど、そんなことをすれば、かえって気を煩わせてしまうからねえ」

おいとはその度にこう言って、父親を安心させていたというものを――。

「いったい何が、おいとの身に起きたのだろうな」

柳之助も首を傾《かし》げた。

壮三郎があまりに嘆くので、ますますおいとが哀れに思えてきた。

遠目ではあったが、柳之助は雨が降りしきる大川橋から身を投げる、おいとの姿を目撃していたので尚《なお》さらであった。

「そのあたりのことは、きっと調べをつけてみせるさ」

壮三郎は意気込んだ。

「そうしてやってくれ」

柳之助は、壮三郎に任せたが、隠密廻りとしては、近頃起こっている娘の〝神隠し〟とおいとの一件が、どこかで繋がっているか否かを調べるべきであろう。

さらに、左肩に般若の彫り物を入れた件《くだん》の男も気になった。

「おいとは、奴に追われていたのかもしれない」

そんな気がしてならなかったのだ。

柳之助が、念のためにそのことについて話すと、

「そいつは十分考えられることだ。おれも精を出して当ってみるから、おぬしの方でも気をつけておいてくれ」

壮三郎は、分別くさい口調で応えた。

——いささか面倒で熱苦しいが、好《い》い男だ。

柳之助は心の内で頰笑《ほおえ》みつつ、しかつめらしい表情で頷き返したのである。

（三）

それから二日後の朝。

八丁堀の組屋敷から、そろそろ出仕しようかという芦川柳之助に、

「親分が来たようですよ」

三平よりも先に、新妻の千秋《ちあき》が伝えたものだ。

親分というのは、密偵の九平次《くへいじ》のことである。

かつては盗人《ぬすっと》の一味にいたが、改心して今では、お上の御用を務めている。

柳之助とは、大盗・竜巻の嵩兵衛《こうべえ》一味召し取りに際して行動を共にし、大きな手柄を立てていた。

柳之助が隠密廻りに就任してからは、新たに彼の手先となっている。

「何かわかったのでしょうか」

千秋は、ふくよかな顔に、興味津々といった風情を浮かべている。

件の竜巻一味召し取りの折に、九平次以上に手柄を立てたのは千秋であった。

彼女は将軍家御用達《ごようたし》の扇店〝善喜堂《ぜんきどう》〟の娘で、身分の違いを乗り越えて、柳之助との恋を成就させたのだが、この御新造《ごしんぞう》には裏の顔があった。

〝善喜堂〟の主《あるじ》にして、千秋の父である善右衛門《ぜんえもん》は、市井に潜んで公儀の隠密御用に当る士に武芸を教える〝将軍家影武芸指南役〟で、彼女もまた恐るべき武芸を身につけていたのだ。

恋しき夫のために戦う喜びを知ってしまった千秋は、柳之助の任務が気になって仕方がないようだ。

「千秋、わかっているな」

この〝強妻〟の顔色を見て、柳之助はすぐさま釘《くぎ》をさした。

「わかっております」

千秋は神妙な顔で応えたが、鼻が僅かにふくらんでいる。

あわよくば務めに首を突っ込まんと思っているのは、夫婦ゆえによくわかるのだが、どうせ柳之助が抱えている案件については、すぐに嗅ぎつけてしまう千秋である。

「よいか、務めはおれ一人でやり遂げるゆえ、手出しは無用にな」

と戒めつつ、

「ただ、千秋の考えは聞こう」

探索の次第は打ち明けることにしていた。

そうしておけば千秋の気もすむと思ったのだ。

「わかっております。お話を伺うだけでございます」

千秋はそのように言うが、事件の次第によっては、じっとしているかどうか——。

その不安はつきまとう。

ともあれ、〝影武芸指南役〟の娘として、幼い頃から公儀の諜報《ちょうほう》戦に一役かっていた千秋の意見は貴重である。

この日も九平次の報告の場に、三平と共に同席させたのであった。

九平次も三平も、千秋がいかに凄腕《すごうで》の持ち主かは知っているので、むしろ頼りにしている。

今朝の九平次の報告は、身投げしたおいとについてであった。

既に千秋には、大川橋での出来事は伝えてあるので話は早い。

おいとが身を投げるまでに、どこで何をしていたか――。

これについては、外山壮三郎の手の者も探索をしているが、壮三郎は現在他にもいくつかの案件を抱えているので、今ひとつ動きが鈍く、九平次が先んじて気になる情報を入手していたのだ。

「おいとが大川橋から身を投げる少し前、若い娘が浅草寺裏手の百姓地から、勢いよく走り出す姿を見た者が何人かおりやした」

九平次は、庭に面した一間《ひとま》の縁に座って、低い声で言った。

「その娘はおいとだったのか……」

「背恰好《せかっこう》や、着ている物から察すると、おいとに間違いないようで」

「左の肩の辺に般若の彫り物が入った野郎を見かけた者は？」

「おりやした。おいとが百姓地の方から、大川橋の方へと走り去った後、般若の彫り物を肩に入れた男が、同じところから血相を変えて走って行くのを見かけたと」

「やはりそうか……」

「彫り物の男に襲われて、それを振り切って逃げ出したのでしょうか」

千秋が言った。

「おいとは助けを求めなかったのかな？」

柳之助は、首を傾げている千秋を横目に、九平次に問うた。

「いえ、声もあげずに、ただ走っていただけのようです」

「声もあげずにか……」

千秋は身を乗り出して、

「うら若き娘のことですから、恐《こわ》くて声も出なかったのでしょう」

「なるほど。だが、声もあげられない気弱な娘なら、足が竦《すく》んで駆け出すこともできぬのではないか？」

「確かに……、旦那様の仰《おつしや》る通りですね。般若の男に襲われたと、人に知られたくなかったという方がしっくりときますね」

「おれもそう思うが、おいとは男と争ったのだろうか。それともたまたま男は雨の中、急ぎ行かねばならぬところがあっただけなのか」

「おいとは男と争ったと思います。その百姓地の繁《しげ》みを探したところ、こんなものが落ちておりやした」

九平次は持参した風呂敷包みから、布切れを取り出した。

雨に濡れて泥にまみれたまま乾いた体《てい》のそれは、男ものの着物の片袖であった。

「おいとは男と揉《も》み合ううちに、片袖を引きちぎったか」

「なかなか気丈な女《ひと》ではありませんか」

「千秋ほどではないがな」

柳之助はふっと笑った。

いくら気丈であっても、千秋のような武芸の心得がある強い女でない限りは、それくらいが精一杯というところであろう。

「そうか、それであの般若の彫り物が、はっきりと見えたのかもしれぬな」

般若の男は、袖を肩までまくり上げていたのかと思ったが、片袖がないのでまくり上げているように見せていたのかもしれなかった。

「旦那様が見た男の着物は、このような生地でしたか?」

千秋は九平次から片袖を受け取り、これを眺めながら問うた。

「さあ、雨が降って水を吸っていたし、縞柄《しまがら》だったような気はするが、縞柄の着物を着ている男は、ごろごろといるからなあ」

柳之助は眉をひそめた。

あの般若の男が着ていたものと同じ生地かどうかまでは、頭に浮かんでこなかった。

「まず世の殿御というものは、般若の彫り物に目が行っても、着ていたものには覚えが薄いようにございますね」

千秋はツンと鼻を上に向けながら言った。

「言うてくれるではないか」

柳之助は千秋を睨んでみせたが、そう言われると一言もなかった。

千秋を妻に迎えてからは、彼女に着物のことは任せきりであるし、それ以前は母・夏枝《なつえ》を頼《たよ》っていた。

思えば着物や、ちょっとした小間物には無頓着であった。他人のものとなれば尚さらであった。

千秋はしてやったりで、

「これはなかなか上物でございますよ」

「そうか？」

「はい、信州《しんしゅう》上田《うえだ》紬《つむぎ》かと」

さすがは大店《おおだな》の娘である。そういうことには詳しかった。

「しかも、それほど着古したものではありませぬようで」

「となれば、近頃この着物を売っていた呉服店を当れば、買った者が見えてくるかもしれぬな」

「旦那の仰る通りで」

九平次の顔が輝いた。

「そんなら、わたしが当って参りましょうか」

ここぞと三平が口を出したが、

「こういうことは、わたしにお任せくださいませ」

千秋がすかさず言った。

「お花《はな》を連れて、一度実家《さと》に顔を出して参ります。〝善喜堂〟は呉服店と付合いがございますから」

「う～む……」

柳之助は腕組みをした。

確かにこの一件は千秋に任せておいた方が、早く知れよう。

その間、三平も他を当る余裕が出来るというものだ。

どうせ千秋に預けたとて、動くのは〝善喜堂〟であるから、千秋が出しゃばることもなかろう。

こういう機会に、実家に顔を出させてやるのも、千秋の気晴らしになるし、二親《ふたおや》も喜ぶはずだ。

「わかった。これは千秋に任せよう」

「本当ですか？」

千秋の顔が華やいだ。

やや下ぶくれの顔に朱がさし、いかにも嬉《うれ》しそうな目を向けられると、どんなことでも許したくなる。

「任せるが、そなたはあくまでも……」

「作事《さくじ》奉行配下の同心・内田《うちだ》源左衛門《げんざえもん》の娘でございます」

表向きのことは忘れていないと、千秋は畏まってみせたのである。

（四）

日本橋通《にほんばしとおり》南一丁目にある扇店〝善喜堂〟はいつもの賑《にぎわ》いをみせていた。

将軍家の御用を務める老舗《しにせ》であるから、雑然と客が出入りしているのではなく、富裕な町人や武家の納戸役が訪ねていて、実に落ち着いた繁盛ぶりである。

「相変わらずのようで、よろしゅうございました」

千秋の供をするお花が、満面に笑みを浮かべて、店の様子を見つめていた。

「わたし達風情が、大きな顔をして暖簾《のれん》を潜《くぐ》ってはいけない店だったのですねえ」

千秋はつくづくと言った。

この日は、姑《しゅうとめ》の夏枝に、

「旦那様の用を足しに出て参ります」

と丁重に挨拶をして実家にやって来た千秋であったが、〝善喜堂〟を外から改めて見ると、八丁堀同心の妻女が容易《たやす》く入れぬ格式を感じてしまうのだ。

三十俵二人扶持《ににんぶち》の軽輩の妻としては、精一杯に着飾ってやって来たつもりであるが、どうも気後れがしていた。

ここのお嬢様であった時から千秋に仕えるお花も、同じ想いがするのか、懐しさに頬笑みつつも、緊張の色を浮かべていた。

とはいえ、いきなり訪ねたのではない。

予《あらかじ》め三平が、二人の来訪をそっと告げていたし、いくら格式のある老舗だとて、〝善喜堂〟は客を選ぶような扇店ではない。

愛娘《まなむすめ》の到着を今か今かと待っていた善右衛門は店の者に気をつけさせていたので、二人が店の表へやって来ると、奉公人がすぐに見つけて、

「ささ、ご新造様、どうぞお入り下さいませ」

たちまち店の中へと案内し、帳場の奥の一間へと二人を通した。

そこには善右衛門と、内儀の信乃《しの》がいて、

「よくきたな……」

「ちょっと見ぬ間に、すっかり大人になったようですね。ふふふ、何よりです」

千秋を見るや口々に言葉をかけて、再会を喜んだ。

それでも、善右衛門は娘の来訪に不安も覚えていた。

――何かまた始めるつもりか。

先頃の竜巻一味との戦いでも、千秋は随分と手柄を立てたというが、命がけの務め

であったのだ。父親としては心配にもなる。

一通り再会を喜ぶと、

「何かまた大変なお務めに、首を突っ込むつもりではないだろうね」

と、問うた。

「ふふふ、それで名残を惜しみに来たと？」

千秋には、その親心がありがたく、おかしくもあった。

「ちとお願いしたき儀がございますが、ただの調べものにございます」

と言って、件の片袖を見せて事情を話したのである。

「ははは、それくらいのことならわけもない」

善右衛門はたちまち相好を崩した。

「他言なきようにするゆえ、案ずるな」

娘に頼みごとをされて、喜んだものだ。

千秋は、片袖の持ち主がある一件に関わっているかもしれないのだと言って、おいとの身投げの話まではせずにおいた。

善右衛門は、彼自身が秘事を背負って生きている身であるゆえ、あれこれ知らさぬ方がよいのだ。

「面倒をおかけします」

千秋は頭を下げたが、

「いや、お前が八丁堀に嫁いだ時から、これくらいのことで役に立てるなら、いつでも一肌脱ぐつもりだったよ。旦那様によろしくお伝えしておくれ」

久しぶりの娘との一時を楽しむように、やさしい言葉をかけると、すぐにその場へ、千秋の兄である喜一郎《きいちろう》を呼び、事情を伝えた。

「お兄さん……」

「お前が来るというので楽しみにしていたよ」

喜一郎もまた、千秋との再会を大いに喜んだ。

店の土蔵のひとつが、影武芸の稽古場になっているのだが、兄妹《きょうだい》はここで毎日のように稽古をしたものだ。

喜一郎は、片袖を一目見て、

「信州上田紬か。これを扱っているところはそれほどあるまい。すぐにわかるだろうよ」

こともなげに言った。

この辺りは扇店の跡継ぎでもある喜一郎である。柳之助よりも、よく知っていた。

「せっかく来たのだ。少しばかり汗を流していくか？」

喜一郎は胸を叩《たた》くと、千秋を稽古に誘った。

善右衛門は渋い顔をしたが、

「腕が鈍《なま》れば、いざという時に、千秋の身が危うございますよ」

喜一郎は父を説いた。

「いざという時があっては困るのだが……」

「備えあれば憂いなしです」

「そうだな」

このところ善右衛門は、喜一郎の言葉にはよく耳を傾けるようだ。

父親としては娘の身が心配で仕方がないが、影武芸指南役としては、優秀な弟子である千秋の腕に期待がかかる。

八丁堀同心の芦川柳之助の妻になるにあたっては、何代も続いてきた〝将軍家影武芸指南役〟の娘に、そのような前例がなかったゆえに、善右衛門は難色を示した。

父親としては、娘が望むところへ嫁がせてやりたかったが、〝善喜堂〟の娘は、その辺りの商家の娘とは違う運命を背負っている。

自分はよくとも、秘事を知る老中、町奉行が承知せぬであろうと思われたからだ。

しかし願い出てみると、老中・青山下野守《あおやましもつけのかみ》は、柳之助と千秋の結婚をあっさりと認め、南町奉行・筒井和泉守《つついいずみのかみ》にも話を通してくれた。

それは、千秋の武芸の腕を知る下野守が、八丁堀に千秋が嫁げば、何かの折には大いに役立つであろうと色気を出したからに他ならない。

その結果、江戸の治安を乱す大盗を捕える成果があがった。

暗黙の内に、千秋には夫・芦川柳之助を助けて、夫婦で犯罪を防いでもらいたいとの内意が向けられているのだ。

実家へ武芸鍛練に帰ってくるというのも不憫《ふびん》ではあるが、それも娘のためとなれば是非もない。

今では指南役の自分を凌駕《りようが》するほどの腕を身につけている喜一郎に、任せておけばよいだろう。

善右衛門は、にこやかに千秋とお花を見て、

「ならば、わたしと信乃も見物するとしよう。お花も共に励めばいい」

と、曰《いわ》くのある蔵へと自らも足を運んだ。

千秋と同じく、女ながら多彩な武芸を身につけているお花も大いに喜んだ。

喜一郎は、件の片袖を店の者に持たせ、方々当らせると、自分は久しぶりの妹・千

秋とお花との稽古を楽しんだ。

それを見ながら、善右衛門と信乃は三人を激励し、時に自分達も稽古に加わった。

一刻《いっとき》ばかりの稽古であったが、一同は皆楽しくて堪《たま》らぬ様子である。

大店の一家が揃《そろ》って、武芸の稽古で情を深め合うとは真《まこと》に異様である。

奉公人のお花に至るまでこうであるから恐ろしい。

善右衛門、喜一郎、信乃は、それぞれ千秋とお花の身を案じつつも、このところは身に付けた武芸を使う機会もなく、既に先日は大盗相手に大立廻りを演じ、今も八丁堀にあって次の出役を窺《うかが》っている二人が、羨《うらや》ましくもあった。

（五）

千秋は〝善喜堂〟に件の片袖を預けると、江戸《えど》橋の船宿〝よど屋〟へ向かった。

ここは、善右衛門の弟・勘兵衛《かんべえ》が営んでいる。

未《いま》だ独り身で、実に気楽に生きているのだが、もちろん武芸の方も兄に劣らず優秀で、いざという時はここが〝善喜堂〟の水軍基地となる。

大盗・竜巻の嵩兵衛を捕えた芦川柳之助を、千秋、お花と共にそっと助けた勘兵衛

は、

「礼など無用だが、その代わり月に二度は、船宿を覗《のぞ》いておくれ」

と、千秋に願っていた。

子供の時から、勘兵衛は千秋をかわいがり、船宿へ千秋が近付くと、たちまち察知して、あらゆるところから不意に現れては、

「ふふふ、お前が来るとすぐにわかる」

と言って、悪戯《いたずら》っぽく笑うのだ。

この日は訪ねてみると、顔見知りの女中が、

「これはご新造様、生憎《あいにく》旦那様は出かけておりまして……」

すまなそうに言う。

「それは残念。今日はこれといって用はないのだけれど、浅草まで舟を出してもらおうかと思いましてね」

「左様でございますか。ではすぐにご用意いたします」

女中が言うので船着場へ行ってみると、猪牙舟《ちょきぶね》の船頭が、

「ふふふ、来たな」

と笑った。

「叔父さん……。相変わらずですねえ」

この日の勘兵衛は、船頭に化けていた。

「たまには舟を動かさねえと、体が鈍っちまうからな」

勘兵衛は、これも日頃の鍛練であると、快調に舟を進めた。

「こういう時、客はお前とお花に限る」

「かわいい姪《めい》を乗せると、力が出るのでしょうね」

「いや、もしも舟がひっくり返っても、お前達なら安心だ」

「よく仰いますよ」

「ははは……」

勘兵衛は冗談を言いつつ、見事に艪《ろ》を操り舟はたちまち大川の流れに乗った。

「〝善喜堂〟へ寄っていたのかい？」

「何もかもおわかりで……」

「千秋の動きはすぐにわかるのさ。何か願いごとでもあったか」

「まずそんなところです」

柳之助からは、よど屋勘兵衛にになら、事情を打ち明けても構わないと言われていた。

いざという時に、誰よりも頼りになるのがこの叔父であるからだ。

勘兵衛は、〝善喜堂〟の外に暮らす者であるだけに、自分の裁量で動き易《やす》い。おまけに物好きで、義侠《ぎきょう》に溢《あふ》れている。

男女の違いはあるが、千秋はどちらかというと、勘兵衛に似ているといえる。

それゆえ、父・善右衛門には言わなかったおいとの身投げと、謎の般若の彫り物の男と落ちていた片袖についての事情を、すべて語り聞かせたのだ。

舟の上なら人に聞かれることもない。

千秋は勘兵衛が、自分もひとつかんでおきたいという意思表示をしているのは重々わかっていたので、

「そんなわけで、今のところ叔父さんの力を借りなければいけないようなことは、何も起きていないのですよ」

と、断りを入れておいた。

「そうか、〝善喜堂〟には、その片袖の持ち主が誰かを調べてもらうために行ったのか」

勘兵衛はいささか拍子抜けをしたようだ。

「そうですよ。おあいにくさまでしたね」

千秋はくすりと笑った。

「まったくだ。だがな。芦川の旦那は、近頃娘が神隠しに遭っているという謎を探っていなさるんだろう」

「ええ、同じような話がたまさか重なったのか……」

「何者かが一味を組んで、娘を狙っているのか、だな」

「はい」

「大きな一味が動いていたら、おれにも手伝わせておくれよ」

「こっちの手に負えなくなったら、その時はお助けください」

「うむ。ならばよい!」

勘兵衛は晴れ晴れとした表情で念を押すと、

「で、浅草には何をしに行くのだ」

と、問うた。

（六）

勘兵衛が船頭を務める猪牙舟は、川をすべるように進み、あっという間に浅草山谷《さんや》堀《ぼり》の船宿に着いた。

「おれはちょっとぶらぶらしているから、用がすんだらここへおいで……」

また乗せて帰ってやるとのことだ。

真にありがたい叔父だと手を合わせながらも、心の内では、

――これからの用が気になるのでしょう。

千秋は失笑していた。

帰りの舟で、首尾を確かめておきたいのであろう。

どこまでも千秋の動きには注視して、自分も何ぞの折には加わりたい想いが透けて見える。

――まず、それも含めてありがたいのですが。

千秋は、世情に長《た》けた勘兵衛が見守ってくれているというだけで、とてもゆったりした気分になった。

その辺りの腕自慢の武士など、何人いたとて恐くない千秋とお花であるが、まだ二十歳《はたち》にもならぬ自分の頼りなさは自覚しているのだ。

千秋が向かった先は、浅草誓願寺であった。

寺の脇の裏店に、身投げをしたおいとの父親・円三が住んでいる。

定町廻り同心・外山壮三郎の話では、円三は愛娘の思いがけぬ死に、生きる気力も

なくしたか、寝込んでしまっているそうな。

彼女が何故《なぜ》身を投げたかは未だ確《しか》とせぬが、

「何者かに脅され、追い詰められた上でのことだろうな」

と、壮三郎は見ていた。

柳之助も、壮三郎と同じ考えで、親孝行な娘であったというだけに、

「のっぴきならねえことが起きたのだろうなあ。それにつけても、残された円三が哀れだ」

と嘆いていた。

その後九平次が、おいとが身を投げる直前に、男と争った跡があると、件の片袖を見つけてきた。

ますます、おいとの死には凶悪な者の影がちらついてくる。

せめて円三が立ち直ってくれたらと、柳之助、千秋という純真な心を持つ夫婦は同時にその想いを募らせていた。

そうなると、

「ここは、わたしが少しばかり出しゃばらせていただきます」

千秋が願い出た。

少しでも円三の胸の内を安らかにさせてやろうというのだ。

何か事件が起きる度に、その遺族を気遣っていたら、八丁堀で同心はやってられないと、人は笑うであろうが、円三を慰め、労《いたわ》ってやることで、おいとの身投げの真相が見えてくるかもしれぬではないか。

「お花、うちの旦那様は何とおやさしい、立派なお方なのでしょう」

千秋は、お花と二人になると、てらいもなく惚気《のろけ》を言ったものだ。

相槌《あいづち》を打ちながらも、お花はいささか辟易《へきえき》していた。

確かに芦川柳之助は好男子だが、必要以上のやさしさと、爽やかさが、お花にはどこか、

「苛々《いらいら》とする」

のである。

しかし、千秋はそこに惹《ひ》かれているらしく、

――男と女というものは、まったくよくわからないものだ。

と、考えさせられつつ、それなら自分はどんな男に心惹かれるのかとなると、まったくわからない。

ともあれ、円三を訪ねてやるのは好い考えだとは思う。

裏店を訪ねてみると、円三はげっそりとやつれた様子で家にいた。

「ご免くださいまし」

千秋が破れ戸を覗くようにして声をかけると、

「へい。何でございましょう」

円三の嗄《しやが》れた声がした。

千秋は腰高障子を開けて、土間へ足を踏み入れた。

土間といっても二畳に足らず、すぐに四畳半の一間、その奥にも四畳くらいの部屋があった。

裏店にしてはましな方だろうが、奥の一間には黒い塗り桶が置いてあり、ここがおいとの綿摘みの仕事場兼寝間であった名残が、衝立《ついたて》の向こうに窺い見られた。

裏長屋がどのようなところかは知っていたが、父と娘がこんな狭い家の中で身を寄せあっていたのだ。娘を失った哀《かな》しみは、はかり知れないはずだ。

かすかに酒の香りが漂っている。

土間の向こうの一間に転がっていた酒徳利《さかどくり》を見ると、心の痛手を紛らすために、飲めぬ酒を飲み、元より弱い体がますます動かなくなったというところであろう。

円三は、火が消えてしまっている小さな丸火鉢の横に座り、茫然自失《ぼうぜんじしつ》の体でいた。

いきなり訪ねてきた女が、供連れで武家風のきっちりとした身なりなので、彼は久しぶりに目が覚めたという表情となり、しげしげと千秋を見つめた。

千秋はおっとりとした口調で、

「ゆえあって主人の名は明かせませぬが、わたしは千秋と申しまして、生前おいとさんに世話になったことがある者にございます」

そのように切り出した。

「娘が、あなた様の……」

円三はぽかんとした表情となって千秋を見た。

「はい。どうしても早く小袖を仕上げねばならぬことがございまして、その折、おいとさんが精を出して綿を摘んでくださって、随分と助かったのでございます」

「そんなことが……」

円三の表情が少し和らいだ。

「そういえば遅くまで綿摘みをしていたこともありましたよ。さあ、まずお上がりくださいまし」

彼は一間の内に千秋を請じ入れ、茶を淹《い》れんとしたが、千秋はそれを制して、

「どうぞそのままでお構いなきように……。ほんに好いお女《ひと》でしたが、聞けば亡くな

られたとか」

「へい……。それがもうとんでもないことになっちまいまして……」

「その話も聞いております。おいとさんを追い込んだ悪い者がいたと、もっぱらの噂でございます」

「あっしもそう思っておりやす」

「お役人が今、血眼になって探索をされているとも聞いております」

「左様でやすか？」

「はい。きっと仇《かたき》は討ってくれましょう」

「そんなら好いのですが」

「悪い者には必ず報いがくるものです」

「そうですよねえ。そうでねえといけません」

喋《しやべ》るうちに円三の顔に精気が戻ってきた。

それと共に、おいとが恋しくなってきたのであろう。

「好い娘でございました……」

千秋の誠実な人となりに触れて、気持ちが昂《たか》ぶってきたらしく、おいとを偲《しの》びつつ、自分の境遇を訥々《とつとつ》と話し始めた。

「早くに女房を亡くしちまって、どれだけおいとに助けられたかしれやせん」

円三には弟がいて、今は相州藤沢《そうしゅうふじさわ》で手間取りの大工になっている。

兄弟の母は、おむらというのだが、父である亭主とは随分前に死別していた。本当ならば兄の自分が面倒を見ないといけないところを、

「あっしのような甲斐性なしの許にいたって、苦労ばかりをかけちまうと思いましてねえ……」

決して豊かではないものの、きっちりとした暮らしを送っている弟に預けている。

その老母は、おいとをとにかくかわいがっていて、息子の世話になって暮らしている毎日をありがたく思いつつ、おいとと離れて暮らす身を哀しんでいた。

このところは目も耳も衰え、耄碌《もうろく》が激しくなってきていて、

「まだこの足が動くうちに、一目おいとに会っておきたい」

それが口癖になっていると、藤沢から報せがきているという。

「婆《ば》ァさんに、どうしても娘が死んだとは報せられずに、どうしようかと思案しておりますでございます……」

近々、藤沢から江戸に弟夫婦と共に出てくるというのだが、その折に何と話せばよいのだろうか。

もういっそのこと、文でおいとの死を報せ、出府は無用だと伝えるべきか――。

円三は、それで思い悩んでいるのである。

千秋はかける言葉もなかったが、

「円三さんの口から話してあげた方がよろしいかと……」

やがてそのように告げた。

「孫に会えない悲しみも、息子に会えた喜びで、少しは癒されるのではありませぬか」

円三は涙ぐみながら、

「左様でございますねえ……。へい。何と話せばよいか思案いたしますが、それまでにお役人が、おいとの無念を晴らしてくれるかもしれませんからねえ」

「はい。それまで達者でいなければなりませんね」

千秋は円三を励ますと、

「これは、ほんの気持ちです……」

そっと心付を差し出した。

「ご新造様、こんなことをしてもらってはいけやせん」

円三は恐縮して拒んだが、

「よいのですよ。以前のお礼がまだできておりませんでしたから」

千秋は無理矢理それを渡して、

「この辺りにはよく参りますので、また立ち寄ります」

逃げるように裏店から立ち去った。

千秋は、円三の憔悴《しようすい》をまのあたりにして、

――訪ねてよかった。

心から思った。

話をするうちに、円三は少し元気が出たし、他人とはいえ、娘が生前知っていたという、人品卑しからぬ婦人と老母について話せたことで、少しほっとしたように見えた。

いきなりおいとの身投げに触れる話は出来なかったが、次に訪ねる折は、手がかりに繋がることを思い出して話すかもしれなかった。

「今日のところは、あれで上できではありませんか」

お花もそう言って、二人は意気揚々と山谷堀の船宿へ戻った。

その姿をどこからか見ていたように、ぶらぶらしていたはずの勘兵衛が戻ってきて、

「首尾は上々のようだな。まずは帰るとするか」

千秋とお花の顔色を見てとり、二人を舟に乗せて再び大川へ漕《こ》ぎ出した。

千秋は叔父に、今の首尾を楽しそうに伝えたものだが、

「千秋、お前はよいことをしたと思うが、金はよけいだよ」

心付を置いてきたことを叱った。

「まあ確かに、以前娘の綿摘みの腕に助けられたとの方便だ。その時の礼がすんでなかったというのは好いが、お前のことだ。一分ほど置いてきたんだろう」

「二分です」

「そいつは心付にしちゃあ多いぜ。お前が〝善喜堂〟の娘のままなら好い。店の看板を背負っているからけちな真似《まね》はできねえ。だが、町同心の御新造が旦那の手伝いで、名も告げずに、死んだ娘の父親に近付くんだ。手土産ひとつで十分だよ」

「そうでしたか……」

「ああ、お姑殿には言うんじゃあねえよ」

「わかりました……」

旦那のために死地へとび込む千秋であるが、やはりまだ大店の箱入り娘の感覚が抜けていない。

やり遂げたというお日様のような千秋の顔が一気に翳《かげ》った。

お花は、そんなに渡していたのかと、笑いを堪えている。

――ふふふ、この二人といると実におもしろい！

叫び出したい想いを抑えて、勘兵衛は艪を漕ぐ手に力を込めた。

（七）

〝二分〟の件で、千秋は世間を知らぬ自分に恥じ入るばかりであった。

それゆえ、夫・柳之助の探索についても、興はますますそそられたが、控えめに振舞い、心付の額も内緒にしていた。

しかし、柳之助は千秋の内助に満足していた。

円三の今の様子を知り、探索への意欲が湧いてきた上に、千秋の尽力で例の片袖が、どこで売られていたかがわかったのだ。

片袖はやはり信州の上田紬で、喜一郎が方々に声をかけると、下谷《したや》広小路の呉服店で出ていたはずだと〝善喜堂〟と親しい呉服店の主から報せがあった。

そこへ問い合わせると、担ぎ商いをしている男がその店から仕入れて、仁助《にすけ》というやくざ者に売ったという。

担ぎ商いの呉服屋は、大手を振って老舗の呉服店へ入れない、理由ありの連中を顧客にしているのだ。

さすがは〝善喜堂〟である。

調べごとを内密に進めていくのはお手のもので、

「この端切《はぎ》れと同じ物が欲しいのです」

と、喜一郎自らかけ合ったところ、件の担ぎ商いの呉服屋に行きついたのだ。

件の片袖はきれいに洗って、端切れに仕立ててある。

呉服屋はそれを見て、驚きながら、

「おや、そのような端切れが出回っていたのですね。生憎、それと同じ物は売れてしまっております」

と言うので、

「それは残念です。そのお人に譲っていただきたいものですねえ」

と持ちかけると、

「いえ、それはお止めになった方がよろしゅうございますよ」

「いけませんか」

「はい、これがまた、仁助といってとんでもないやくざ者でございましてね。関わり合いにならない方がよろしゅうございますよ。わたしもね、できれば付合いたくはない相手なのですが、何かおもしろい柄の着物はないかと凄まれたら断れませんでねえ……」

と、こき下ろした。

彼にしてみれば、喜一郎はなかなかの上客に見えるゆえ、こういうところで恩を売っておこうと思ったのかもしれない。

おまけに仁助は着物の代金を踏み倒したまま、姿を消してしまったので、頭にきていたらしい。

「なるほど。そういうことなら、諦めた方がよろしゅうございますねえ」

喜一郎は、仁助の名を聞き出した時点であっさりと引き下がった。

あとは奉行所の手で、仁助を調べればよいのだ。

柳之助がありがたがったのも頷けるというものだ。

千秋はひとまず面目を施した。

下谷広小路辺りに住む仁助というやくざ者を探すのに手間はかからなかった。

外山壮三郎の手の者が、お上の威光を掲げ、柳之助の方は九平次が町に潜入して、それぞれが調べるとすぐにわかった。

池之端仲町《いけのはたなかちょう》の居酒屋に居候を決め込んでいるやくざ者で、特にどこかの一家に身を置いておらず、金廻りの好い旦那を見つけてはおこぼれに与《あずか》り、その日暮らしを送っているという。

金が入ると酒、博奕《ばくち》、女に注《つ》ぎ込むが、着物や履き物にも凝っているらしい。

定町廻り方の壮三郎は、

「どうせろくでもない奴なのだ。片袖がちぎられていただけでも怪しい。とにかく引っ捕えて吟味しよう」

と、柳之助に持ちかけた。

柳之助に異存はない。

〝善喜堂〟の喜一郎の調べでは、仁助は呉服屋から羽織の分の上田紬も買って、仕立てさせていた。

片袖から拵《こしら》えた端切れの布地を手に、九平次が浅草寺裏手の百姓地の周囲を当ってみると、奥山《おくやま》の料理屋に仁助がよく行っていた店があると知れた。

あの雨の日。仁助はいきなり店に現れて、

「ちょいと羽織を預かってくれねえか」

と言って走り去った後、しばらくしてから息を切らせて戻ってきて、羽織を引き取っていたこともわかった。

雨の中、仁助はおいとを見つけ、かなり慌てていたようだ。

仁助は今どこにいるのであろうか。

それがまったく見当がつかなくて困ってしまうが、

「江戸を出た様子はない。そのうち何もなかったように浅草界隈《かいわい》に戻ってくるだろう。そこをしょっ引いて白状させてやる」

壮三郎は意気軒昂《けんこう》である。

「千秋のお蔭《かげ》で、おいとの仇を討ってやれそうだよ」

柳之助は、少し肩の荷が下りたようで、千秋を称《たた》えた。

仁助はあの日、おいとを浅草寺裏の奥山辺りで見かけ、人気《ひとけ》のない百姓地で襲いかかった。

しかし、思わぬ抵抗を受けて逃げられ、追いかけると、おいとは大川橋からとび下りてしまったので、仁助は慌ててその場から逃げ去り、片袖を探す間もなく姿を消した――。

まずそんなところであろう。

おいとは以前から仁助に脅されていて、何かよほど辛《つら》い目に遭っていたのに違いない。

ここまでわかれば、隠密廻りとしては、あとを定町廻りに任せ、さらなる見廻りを続ければよい。

ところがである。

奉行所の同心詰所で、外山壮三郎が言うには、

「仁助を知る者に訊《たず》ねると、奴に般若の彫り物などないと、皆一様に応えるのだ」

とのことだった。

（八）

浅草寺裏手の百姓地で見つかった片袖は、確かに仁助の物だと思われた。

百姓地で何者かと争い、おいとが逃げ出したのと、仁助が奥山で料理屋に上田紬の羽織を預けたのは、同じような時分であった。

だが、明らかにおいとを追っていたと思われた男の左腕の付け根辺りには、確かに般若の彫り物が刻まれていた。

そうなると、仁助は般若の男とは別人で、悪事を働いていたとしても、おいととの

関わりはなかったことになる。

「壮三郎、どうやら振り出しに戻ってしまったな……」

柳之助は頭を抱えた。

鋳掛屋の円三の仇を討ってやりたいと思いつつ、新たに般若の男を探らねばならなくなったではないか。

「般若の野郎は、仁助の乾分《こぶん》なんですかねえ」

三平は、柳之助と共に般若の彫り物を見ていただけに、そう考えたが、仁助にそんな乾分がいたという事実は浮かんでこなかった。

そんな矢先に、彦右衛門《ひこえもん》という高利貸しが、根岸《ねぎし》の雑木林で、何者かに殺されているのが見つかった。

この彦右衛門、阿漕《あこぎ》な金貸しとして知られていた。

根岸は上野山北方の田園地帯で、花鳥風月に富み、通人が庵《いおり》を構え、ここに寮を建てている分限者《ぶげんしゃ》も多かった。

彦右衛門もこの地に小さな寮を所有していて、足繁く通っていたという。

彦右衛門は身の丈が六尺近くある。

外山壮三郎とほぼ同じ背恰好で、四十前の精気漲《みなぎ》る巨漢。

子供の頃から喧嘩《けんか》自慢で、下手に用心棒を雇うよりも、自分で敵をなぎ倒せる。それゆえ、ちょっとした外出は一人で行くことが多い。一人で不便な折は、その辺りでよたっている遊び人に小遣いをやって、小廻りの用をさせていた。

住まいは山谷浅草町で、仕舞屋《しもたや》に一人暮らしをしているのだが、処《ところ》の顔役や役人には巧みに鼻薬をかがしているので、恐いものなしというところなのだ。

だが、この男にも油断があったのであろう。

寮から家に帰る道中、不意を衝《つ》かれて、刃物で襲われたと見える。

腹と背中に一突きずつくらって、あえない最期を遂げたと思われる。

芦川柳之助としては、定町廻り、臨時廻りに任せて、日々の見廻りを続けていればよい一件であったが、

「柳之助！　これはおかしなことになってきたぞ」

壮三郎が柳之助に、新たな事実を報せてきた。

「彦右衛門に、仁助が引っついていやがった」

小遣いをもらって、彦右衛門の小廻りの用を務めていた遊び人の一人が、仁助であったというのだ。

「彦右衛門というのが、これがまたとんでもない好き者でな。寮に女を呼んで楽しんでいたそうだ。そのあたりの世話をしていたのが仁助というわけだ」

「そうだったのか……」

柳之助は神妙に頷いた。

彦右衛門は、遊里での色恋よりも、素人っぽい娘を好んだという。

「こいつは見過しにできねえな」

変装をして見廻りを続ける柳之助は、定町廻りの頃は控えていた町の者達の口調が、自《おの》ずと出るようになっていた。

「仁助が娘を騙《だま》して彦右衛門の寮へ連れ込んで、金を掴《つか》ませて黙らせる。一度金を受け取ってしまうと弱みが出て、また誘われると断りきれねえ。それを苦に思いつめる娘もいたかもしれねえな」

おいともそういう哀れな娘の一人であったのかもしれない。

深みにはまった娘は、そのまま船に乗せられ、どこか遠くへ売られてしまうのではなかろうか。

「このところの娘の〝神隠し〟は、そこに繋がるのかもしれねえ……」

「おれもそう思うぜ」

壮三郎は、肩を怒らせて相槌を打った。

「寮には番人はいねえのか」

「爺《じ》ィさんが一人いるのだが、彦右衛門からは、留守の間掃除をしてくれ。おれが寮へくる時は、小屋で寝ていりゃあいい……。そう言われているので、人の声は聞こえるが、誰が来ているのかはよくわからないと言っている」

「そうか……」

となれば、仁助やおいとの特徴を言ったとて、年老いた寮番は応えられまい。

仁助の左の腕の付け根に、般若の彫り物があるのなら、彦右衛門殺害とおいとの身投げが結びつくかもしれないのだが――。

「壮三郎、すまぬな。隠密廻りとしても、当ってみよう」

探れば何か出てくるであろうと、柳之助は気を引き締めた。

組屋敷へ帰ると、そんな夫の顔を見て、

「何か手がかりが出てきましたか？」

千秋がすぐに訊ねてきた。

強過ぎる妻ゆえに、出しゃばると目立ってしまうかもしれない。

柳之助はそこが心配なのだが、あれこれ頭の中に引っかかりを覚える時、家の内で仕事の話が出来るのは、これはこれで気が紛れてありがたくもある。

母の夏枝は、千秋の秘事を知っているので、

「夫を支えんとする妻の気持ちは、ありがたく受け止めればよいのです」

恰好をつけていないで、芦川家として世のためになるよう働けたら、この上もないではないかと柳之助に説いている。

その母の一言で、随分と気が楽になったのも確かであった。

柳之助は、外山壮三郎とのやり取りを千秋に伝えると、

「あの般若の野郎は何だったんだろうな……」

と、嘆息した。

たまさかあの場に現れたのなら、かえってこっちの頭が混乱して、これほど迷惑な奴はおるまい。

一間の隅に控える三平も、組屋敷へ出張ってきた九平次も、頭を捻《ひね》っていた。

三平は柳之助と共に般若の彫物を見た上で、男のあとを追いかけたゆえに、気になって仕方がないようだ。

「その般若は、本当に腕に彫られたものだったのですかねえ……」

不意に千秋が言った。

「どういうことだ？」

「たとえば、肌襦袢《はだじゅばん》に般若の絵が描かれてあったとか」

「それを、おれと三平が彫り物と見間違えたというのかい。そんなはずがあるものか」

柳之助は、千秋も子供のようなことを言うと笑ってみせたが、

「いや、本当に腕に彫られていたかどうか……か。なるほど、思い込んでいただけかもしれぬな……」

すぐに、何かに思い当り、

「とにかく仁助を見つけて、しょっ引くぞ。まず仁助の仲間内を当ろう」

と、静かに言った。

（九）

彦右衛門殺害についての手がかりと、仁助の行方はなかなか摑めなかった。

おいとが身投げをしてから、既に五日が経《た》っていた。

彦右衛門の一件に、仁助が関わっているのは明らかであろうが、その辺りのことに

ついては、外山壮三郎に任せ、芦川柳之助は遊び人風に変装し、仁助の立廻り先をうろついてみた。

「仁助の兄ィを捜しているんだが、どこへ行っちまったんだろうねえ。いえね、兄ィが儲《もう》け仕事を廻してやると言いなさるから、おれもそれをあてにしていたから困っちまってるんでさあ」

そんな具合に、羽織を預けていたという料理屋を訪ねてみたりしたのだ。

とはいえ、料理屋には既に定町廻りの外山壮三郎が、

「ちょっと仁助について訊きたいことがあるのだがなあ」

と、聞き込みに行っているので、どうせまた仁助が何かやらかしたのだろうと、話には乗ってこなかったが、壮三郎が聞き込んだ後に、すっとした優男の柳之助が困り顔をしているので、誰も柳之助を疑わなかった。

居酒屋で遊び人風の男を捉えて、

「誰か兄ィの立廻り先を知っている人はいねえかなあ、一杯おごるから教えておくれよ」

などと言ううちに、

「よしな。仁助は今、こそこそ逃げ廻っていると、もっぱらの噂だぜ」

などと声をかけてくれる者も現れた。

「そういやあ、仁助の兄ィには、彫り物師のお仲間がいたと思うんだが……」

そういう連中に、鎌をかけてみると、

「何でえ、お前、音次郎《おとじろう》を知っているのかい?」

と、当りがきた。

「前に、仁助兄ィがそんな話をしていなさったような気がしましてね」

適当に話を合わせていると、

「まあ、彫り物師ったってよう、女相手にしか彫らねえ野郎さ」

次第に音次郎という男が見えてきた。

「仁助の奴はろくなもんじゃあねえや」

音次郎の方は、仁助を相手にしていないようだが、昔馴染の誼《よしみ》で、仁助が音次郎に彫り物を入れてみたいという女を客として送り込んだりして、これまではそれなりに、持ちつ持たれつやっていたという。

それでも、このところは仁助が姿を消してしまったことで、音次郎に居処を訊ねにくる者もいて、

「また、何をやらかして隠れているかは知れねえが、ちょいと前までは儲け口を見つ

けてよろしくやっていたみてえだぜ。あの野郎、けちな女の客しか廻してこねえくせに、手前だけ好い想いをしやがって、頭にくる野郎だぜ」

と、怒っているらしい。

柳之助はほくそ笑んだ。

音次郎の情報はまだ奉行所では摑んでいなかった。

音次郎の方も、仁助のくだらぬごたごたに巻き込まれたくないと、今は大人しくしているらしい。

彼は、間口一間半の表長屋の一隅に住んでいる。

一階には破落戸や勇み肌の若い衆が出入りしていて、彼は二階で盛り場の女相手に彫り物を施術していた。

仁助との関わりについて、隠密方の同心が探っているなどとは思いもかけず、その日も音次郎は女の客を仕事場に迎えていた。

初めての客で女は、入谷《いりや》の水茶屋で働いているという。

水茶屋の茶立女は、男の客達を手玉にとり、時に売色をする者も多い。

「初めて見る顔だが、どこから聞いてきたのだい？」

音次郎は女に訊ねたが、別段怪しんでいるわけでもない。

入谷辺りの茶立女や酌婦に彫り物を施したことは数え切れないくらいある。どこかで誰かに聞いてきたのに違いないし、深く考えるほどのものではない。

音次郎の愛想というべきものだ。

「まあ、そんなことはどうだっていいが、誓いの字を書くってところかい」

それが音次郎の本業であった。

遊女は客に誓いを立てるために、自分の小指を切ってみたり、断髪、入れ墨をしたり、血判を押した誓紙を渡したりする。

だが、そんなことをしていたら、体がいくつあっても足りないので、誰かの指を調達したり、断髪も他人の髪を用意する者も出てくる。

客の名を体に刻む入れ墨もそのひとつで、音次郎は書いた後に消せる術を持っていて、これが女達に受けているのだ。

「好いた男の名を腕に入れたいのですがねえ、やはり痛いんでしょうねえ」

女は少しおどおどして言った。

「そりゃあ肌に彫れば痛えさ。それが嫌ならひとまず書くかい？」

「書く？　そんなことができるのですか」

「まず二日くらいは持つだろうよ。ちょっとくれえ雨に濡れたって落ちねえくれえさ。

客が離れたらあとで消せるから、こいつは評判が好いんだよ」

「なるほど、そいつは大したもんですねえ」

感心する女を見て、音次郎は得意気に笑ってみせた。

荏胡麻《えごま》からとった荏の油を絵の具に混ぜて、容易く消えない塗料を拵えるのが、音次郎の自慢なのだ。

「そうですか。同じ描いてもらえるなら、絵にしましょうかねえ」

「絵を？　それじゃあ誓いにならねえが」

「相手が好きな絵を描くのですよ」

「なるほど、よく辛抱したと、男は騙されるか。何の絵が好い？」

「般若は描けますか」

「般若？　そいつはまた、気色の悪いものを描くんだねえ」

「描けないわけじゃあないでしょ？」

「あたぼうよ。般若は得手だ」

「さすがは音次郎先生だ……」

女は目を丸くして音次郎を見つめた。

誉《ほ》められると音次郎は調子に乗って、

「おれは滅多に男には描かねえんだがよう。彫るのは痛えが、その場の脅しに描いてくれという野郎がいてよう。ちょっと前にも描いてやったものさ」

と、語り出した。

「そうなんですか？　般若の彫り物を見せびらかして悪事を働いて後で消してしまえば、人に疑われなくてすむってものですね」

「そういやあそうだなあ。あの野郎、さては企《たくら》みやがったな」

「あの野郎って？」

「こっちの話さ。さあ、どうする？　般若を二の腕にでも描くかい？」

「あの野郎というのは、仁助という破落戸のことですね？」

問われて音次郎は、こめかみをぴくりと動かして、

「お前、仁助を知っているのかい」

女を睨みつけた。

「行方を追っていましてねえ。あたしの好い人がね」

「お前に喋ることは何もねえや。さあ、描くのか描かねえのか、どっちでえ！」

「描きませんよ。それより、仁助の話を知っている限りしておくれな」

「手前、誰の廻し者だ。痛え目を見てえってのかい！」

音次郎は凄んでみせたが、女はまるで動じない。

それもそのはずである。この水茶屋の女は、八丁堀の強妻・千秋であった。

千秋はにこやかに、

「お前さんをどうしようってわけじゃありませんよ。お仲間の仁助が、ちょいとやらかしたようでしてね。それについて、知っていることを話してくれと、言っているんですよう」

「この尼……、なめやがって！」

音次郎は立ち上がると、千秋に迫り、彼女の利き腕を取らんとした。

ところが、何故そうなったのかわからぬままに、彼の体はたたらを踏んで階段を転げ落ち、音次郎は白目をむいて放心してしまった。

階下には、芦川柳之助が九平次と三平を従えて待ち受けていた。

柳之助は、肩を竦《すく》める千秋を見上げて苦笑した。

「死んではいませんよね……」

「ああ、気を失っただけのようだ。ご苦労だったね」

千秋はにこりと笑って、

「般若の男というのは、やはり仁助のようですね」

と、階段を降りた。

（十）

その後、音次郎は九平次にしょっ引かれ番屋に入ると、外山壮三郎の取り調べを受けた。

仁王《におう》像を思わせる壮三郎を前にして、音次郎は知る限りの仁助の情報を彼にもたらした。

それによると、音次郎が仁助の左の腕の付け根に般若の絵を描いてやったのは確かなことと知れた。

その時期は、おいとが身投げした時と重なり、仁助は音次郎に、

「好き者の金貸しがいてよう。そこへ娘っ子を世話してやると、こいつがなかなかの好い稼《かせ》ぎになるんだぜ」

と、自慢していたらしい。

酒の相手をするだけで好いと、金に困っている素人娘を寮に連れていき、酒に酔わせて人身御供《ひとみごくう》にする。

娘には金を摑ませ、

「おかしなことを言うんじゃあねえぜ。言えばお前が外で身を売っていることを、方々で言い触らしてやるからよう」

と、娘が身に付けていた小物などを質に取って脅すのだという。

大抵の娘はそれで割り切るのだが、中には思い詰める娘もいる。

そういう娘は、口封じも兼ねて、遠くへ宿場女郎に売りとばしてしまうらしい。

「今度に限らず、仁助はそんなことをしていたようです」

音次郎はそう言った。

壮三郎は、仁助の住処を探ったが、娘達から質に取った物は出てこなかった。

しかし彦右衛門の寮を調べてみると、寮番の老爺《ろうや》が、彦右衛門から預かった木箱があるという。

それを開けてみると、娘の持つような櫛《くし》、簪《かんざし》、匂い袋などが入っていた。

壮三郎はこれを持って、おいとの父・円三を訪ね、

「思い当る品はないか?」

と、箱の中身を見せた。

その途端、円三は号泣した。

「この櫛は……。死んだ女房がおいとにやったものです……」

壮三郎は言葉が出なかったという。

貧しい暮らしの中、おいとは少しでも病弱な父を楽にしてやろうと、仁助の話に乗ってしまったのに違いない。

円三は家の方便はおいとに任せていた。

以前より暮らしがよくなったのは、おいとが綿摘みで励んでいてくれているお陰だと思っていたようだが、陰で好き者の相手をして稼いでいたとは——。

その上に仁助に騙され、彦右衛門に手込めにされ、母の形見の櫛を奪われ、金を無理に摑まされた。

そして、仁助は一度切りだと言いながら、おいとに付きまとい、

「もう一度だけ、相手をしてやってくんな」

などと迫ったのであろう。

おいとはそれを拒んだので、仁助は般若の彫り物を描いてもらい、それを見せびらかして連れ去ろうとした。

しかしおいとは気丈にも仁助の片袖をちぎった上で逃げた。

仁助は頰被りをしてこれを追いかけ、道行く者に般若を見せびらかした。

いざとなれば、後で消せば自分に疑いはかかるまいという悪智恵《わるぢえ》を働かせながら──。

ところが、世をはかなんだおいとは、思いつめて大川橋から身を投げた。

これはいけないと、仁助はそこから逃げ去り、おいとを追う際、羽織を預けた料理屋に立ち寄って羽織を回収し、姿を消した。

恐らくはそんなところであろう。

壮三郎は、そういう推測を円三には言えなかった。

「お前の娘は、仁助という悪党に攫《さら》われそうになったところを逃げ出して、追い詰められたところで早まってしまったようだ」

とだけ伝えて、

「仁助はきっと引っ捕えてみせるから、守ってやれなかったことを勘弁してくれ」

と、声をかけてやった。

この辺りの壮三郎のやさしさを、柳之助は大いに買っている。

「ありがとうございます……。ありがとうございます……。あっしが不甲斐ねえばかりに、おいとはつい悪い男に関わってしまったのでございましょう。どうか、娘の仇を討ってやってくださいまし……」

円三は涙にくれたという。

壮三郎からその様子を聞かされると、柳之助はいたたまれなかった。

近々、藤沢から出てくる老母には、何と言うつもりなのであろうかが気にかかる。

それと共に、姿を消している仁助を何としても捕えてやりたいと思ううちに、壮三郎の手先と、柳之助の手先である九平次が、新たな情報を仕入れてきた。

殺された彦右衛門の寮からほど近い庵に住む絵師と、根岸を通りかかった近在の百姓の息子がそれぞれ彦右衛門が殺されたと思われる時分に、彦右衛門と仁助が、雑木林近くの小路で話しているのを見たという。

絵師と百姓の息子は、彦右衛門と交誼《こうぎ》はないものの、顔は知っていて会えば会釈のひとつもするくらいであったそうな。

寮で何やら怪しげなことをしている彦右衛門を彼らは快くは思っておらず、話し声の中で〝仁助〟という言葉が何度か聞こえたので、会っている相手が仁助という男だと認識したという。

仁助はいつも彦右衛門におもねっていたらしいが、仁助らしき男を見かけた者達は一様に、

「何やら思いつめていた様子でしたねえ」

「押し黙って、おっかないので、関わりにならないよう足早に通り過ぎたという次第で……」

そのように言う。

見かけた小半刻《こはんとき》くらい後に、近在の百姓の老婆が雑木林に倒れている彦右衛門を発見したというから、

「彦右衛門を殺《や》ったのは仁助に違いない」

壮三郎はそのように断じた。

彦右衛門は巨漢の喧嘩自慢であるが、まさか自分を襲うまいと思われる相手に殺されたとなれば頷ける。

人身御供にしたおいとが身投げしたと仁助は彦右衛門に告げる。

それを彦右衛門に叱責され、これまであれこれと無理を言われてはこき使われたことに恨みを募らせ、隙を見て後ろから彦右衛門を刺して殺害した。

彦右衛門の懐《ふところ》の金は消えていた。行きがけの駄賃と仁助が奪ったのに違いない。

その考えには、芦川柳之助も頷かざるをえない。

うら若き娘を弄《もてあそ》び、死に至らしめた彦右衛門が殺されたのは天罰といえよう。

だが、その悪事の上手を行く仁助はさらに許せない。

般若の絵を消し、物盗《ものと》りに見せかけて彦右衛門を殺して金を奪い、逃げおおせると思っているならば大きな間違いだ。

「奉行所はまだ仁助の仕業と気付いていない。そう思わせておいた方がいいな」

柳之助は壮三郎に、そのように進言しつつ、

「あとはきっと、仁助の野郎をお縄にしてくれ。任せたよ」

と、託したのである。

「ああ、まだ御府内のどこかに潜んでいるに違いない。任せておいてくれ」

壮三郎は胸を叩いて、

「ところで柳之助。音次郎を階段から突き落としたという、勇ましい女の密偵がいるそうだが、どこから連れてきたのだ」

と、真顔で訊ねた。

「隠密廻りのことだ。おおっぴらにはできねえよ。まあそのうちに、引き合わせよう……」

柳之助は、したり顔で応えると、ふくよかな愛妻の顔《かんばせ》に想いを馳《は》せていた。

（十一）

「おいと……。お前に会えてよかったよ。藤沢から出てきた甲斐があったというものだ。もう江戸には出てこられないだろうからねえ」

冬晴れの昼下がり。

浅草寺境内の掛茶屋で、おむらは孫娘との再会を喜んでいた。

息子夫婦に連れられて、先ほど浅草寺に着いたところであった。

「お婆ァさん……。そんな悲しいことを言わないでおくれよ」

励ますように応えるおいとの顔をしみじみと眺めながら、

「いや、もういけないよ、わたしは……。目も耳もすっかりと悪くなって、お前の顔もぼんやりとしか見えない。声も聞き取り辛い。これではもう、生きていたって皆に迷惑をかけるばかりだよ」

弱々しい声で呟くように言った。

少し離れた長床几《ながしょうぎ》に、弟夫婦と並んで腰かけている鋳掛屋の円三は、感涙にむせていた。

三人は、そこからさらに離れた床几に腰をかけ、ゆったりと茶を飲んでいる武家風の婦人に、そっと手を合わせている。

婦人は千秋であった。

あまりにも哀れなおいとの身投げについて、その理由は外山壮三郎と芦川柳之助が推測した通りだと思われた。

少しでも父親を楽にしてやろうと考えたから、おいとは酷《ひど》い奴に近付いてしまったのに違いない。いちがいに、

「自業自得だ」

とは言えまい。

壮三郎はそのあたりのことを踏まえた上で、死んでしまったおいとを庇《かば》ってやるように、

「お前の娘は何ひとつ悪いことはしていないのだ。この先は手厚く回向《えこう》をしておやり」

と、改めて仁助の捕縛を誓い、

「おれがそうっと様子を見ておくよ」

こっちの方は任せておけと言う、柳之助に託したのである。

柳之助は千秋と諮《はか》り、お花をおいとに仕立てて、円三の老母に会わせることを、千秋の口から円三に勧めるよう取りはからった。

お花とおいとは年恰好が同じであったし、お花は影武芸によって、誰かに成りすます術《わざ》を会得している。

おむらは三年近くもおいとに会っていない上に、随分と老いてしまっている。

円三から、おいとの物言いや癖を聞いて、たちまちおいとらしく見せるお花を見て、

「おいと……」

円三が思わず涙ぐんだほどに、首尾よくことが進み、ついにこの日を迎えたのである。

「おいと、これでわたしも、いつ死んだっていいよ……」

喜ぶおむらを見ていると、この嘘《うそ》は許される方便だと、周りの誰もが思ったのである。

ずっともらい泣きをしている千秋に、背中合わせに座り、他人のふりをする柳之助が、

「千秋、そんなに泣いていると怪しまれるよ」

そっと囁いた。

どこまでもお人よしの夫婦は、心の内でお花の活躍を称えながら、不幸な娘達の魂が安らかなるよう、二人で天に祈っていた。

第二章　汁粉屋の女

（一）

白山権現社《はくさんごんげんしゃ》は本郷《ほんごう》の地にあって、徳川《とくがわ》将軍家の厚い帰依を受けてきた。

周囲は幾つもの寺院に囲まれ、こんもりとした丘が長閑《のどか》な森のような風情である。

その寺院のひとつである竜雲寺《りゅううんじ》門前の木立の中に、一軒の料理茶屋がひっそりと建っている。

周りに茂った樹木によって、外から全貌はよく窺《うかが》えないが、なかなかに立派で趣のある店のようだ。

夜ふけとなって、その中から一丁の駕籠《かご》が出てきた。

町駕籠ではあるが、宝泉寺《ほうせんじ》駕籠で最上の拵《こしら》えだ。

さぞや身分ある者が、乗っていると見える。

駕籠の外には奉公人と見られる男が一人いて、付いて歩いている。

「茂助《もすけ》……」

駕籠の中から声がした。

「明日もまた来るとしよう」

いかにも楽しげである。

「承知いたしました。しかし旦那様……」

茂助が不安げな声を発すると、それを遮るように、

「お前が何を言いたいかはわかっておるわ。だが、こればかりは止《や》められぬ」

駕籠の客はぴしゃりと返した。

件《くだん》の料理茶屋での宴《うたげ》がよほど楽しかったと見える。

そして奉公人の茂助が何に怯《おび》えているのかも気になるところだ。

駕籠舁《か》き二人は、我関せずと先を行く。

上客となれば酒手をはずんでくれるはずだ。

少しでも機嫌よくいてくれるのが何よりなのだ。

だが今宵《こよい》の二人はついていなかった。

浄心寺《じょうしんじ》を過ぎた辺りで突如、黒い影が傍らの繁《しげ》みから飛び出してきたかと思うと、茂助の急所を打ち据え昏倒《こんとう》させた。

あっと息を呑《の》み、立ち止まった駕籠舁きは、そのまま動けなかった。

新たなる黒い影が二つ飛び出てきて、先棒と後棒の首筋に白刃を突きつけたのだ。

「駕籠の衆、どうしたのだい？　いきなり立ち止まっては危ないよ……」

駕籠の客は状況がわからず二人を咎《とが》めたが、次の瞬間、初めの黒い影が白刃を駕籠に突き入れ、たちまちその声は止まってしまったのである。


それから半刻《はんとき》もたたぬうちに、本郷三丁目の、書家・北村東悦《きたむらとうえつ》が仕事場とする家に思わぬ訪問者があった。

東悦は書家に止《とど》まらず、刀剣の鑑定、骨董《こっとう》の目利きとしても知られ、旗本、大名家、富商の信を得ている。

そしてこの北村東悦こそが、件の駕籠の客であった。

東悦は仕事柄多くの金を扱うこともあり、この家は商家風の造りとなっていて、日が暮れると揚戸を下ろしてしまう。

揚戸には臆病窓という小さな窓が設《しつら》えてあり、家人はまずそこから外を覗《のぞ》いて、訪問者を確かめるのだ。

東悦には妻子があるが、彼はほとんど仕事場にいるため別居している。

ここには商家でいうところの番頭にあたる弟子がいて、恐る恐る臆病窓を開けてみると、

「おう、御用の筋だ開けてくんな……」

外には八丁堀《はっちょうぼり》同心らしき男がいて、しかつめらしい顔で告げた。

「申し訳ございませんが、ただ今先生は外出《そとで》をされておりまして……」

弟子はそれゆえ勝手に戸は開けられないのだと、言外に匂わせた。

北村東悦といえば、大抵の武士ならその名を知っているほどの名士である。

「御用の筋だ……」

と、威丈高にこられては、弟子としても気分が悪い。

「先生が外出をしていなさるのは承知しているよ。こいつは先生の煙草入《たばこい》れだろう」

同心はそう言って小窓から、煙草入れを掲げてみせた。

東悦ほどの風流人が持つ煙草入れである。

た袋を根付で一つ提げにした、趣のある金唐革の品ですぐにそれと知れ
「確かにこれは先生の……」

「東悦先生が乗っていた駕籠が何者かに襲われて、これがその場に落ちていた」

「何ですって……？」

「それで先生の姿が消えちまっているのさ。とにかく開けてくんな」

「た、ただ今」

弟子は慌てて揚戸の潜《くぐ》り戸を開けて、同心を中へと請じ入れた。

ところが同心と思った男は、手先数人とともに家の中へなだれ込むと、潜り戸を閉めて弟子を鞘《さや》ごと抜いた刀の鐺《こじり》で突き倒した。

それが合図で手先達も懐《ふところ》に呑んだ匕首《あいくち》の白刃を煌《きらめ》かせて一斉に奥へと押し入ったのだ。

（二）

「ほう、北村東悦が外出の帰りに殺されて、家に賊が押し入ったか……」

芦川柳之助《あしかわりゅうのすけ》は、同心詰所で外山壮三郎《とやまそうざぶろう》から報《しら》せを受けて、低く唸《うな》った。

東悦の名声はかねてから聞き及んでいたので、そういう最期を遂げたとは意外であった。

とはいえ、大身の武士や富商との付合いを日常とする東悦については、その人となりを知ることはなかった。

「先生と崇《あが》められている裏で、恨みを買っていたとか？」

「どうやらそのようだな」

壮三郎が厳しい表情を浮かべていた。

東悦が殺されてから三日が過ぎていた。

この間、柳之助は、改めて行方知れずになったという娘達について、市井に紛れて調べていたのだが、

「柳之助の調べに繋《つな》がるかもしれぬぞ」

と、壮三郎は言う。

何者かに駕籠を襲撃され、外から刀で一突きに殺された北村東悦であるが、従者も駕籠舁きも近くの雑木林の中で、目隠し、猿轡《さるぐつわ》の上で木に体を縛られていて、命は奪われなかった。

場にしている家も襲われ、金蔵を荒らされ、弟子達も同じような目に遭一人も殺されはしなかった。

弟子達も奉公人達も、奪われた金については、

「承知しておりません」

としか応えなかったし、賊についての心当りも浮かんでこないと、一様に歯切れが悪かった。

「身近にいる者には、先生の素行の悪さが見えたのだろうよ」

ゆえに余計なことは言いたくないのであろう。また、核心に迫るような実態までは知らないのかもしれない。

弟子達は、北村東悦の名声に傷がつけば、自分達の経歴にも障りが生じるわけであるから、進んで東悦の愚行について語りたくないのも無理はない。

そして身の周りの者達のこういう態度が、既に東悦が結構陰のある人物であったことを物語っていると壮三郎は見ていた。

「まあそれで、先生の身の周りをあれこれ当ってみると、おかしな顔が色々と見えてきやがった」

「おかしな顔？」

「先頃殺された彦右衛門《ひこえもん》と、密《ひそ》かにつるんでいたようだな」

壮三郎は渋い表情で告げた。

「あの色狂いの金貸しと？　では東悦先生も素人娘を集めて乱痴気騒ぎを」

「殺された日。お忍びで白山権現近くの料理茶屋で若い女を呼んで遊んでいたらしい」

「俄《にわか》には信じ難いな」

あらゆる美術品の目利きとして確かな才と見識を持つ北村東悦が、彦右衛門のような者とつるんでいたとは、純真な柳之助にとっては思いたくもないことなのだ。

「おれも信じ難いが、人というものは世間から好かれるところと、その陰で嫌われるところを併せ持っているらしい」

弟子や奉公人達は、皆一様に東悦の死を嘆き悲しむ以前に、当惑していたのだが、それは彼の肉親も同じであった。

江戸の名士の一件であるゆえ、壮三郎は与力・中島嘉兵衛《なかじまかへえ》に伴われて、上野山下《やました》に東悦の息・幸之助《こうのすけ》を訪ねて事件のあらましを伝えた。

幸之助はその母、つまり東悦の妻女とここで茶道具屋を営んで暮らしている。

東悦に恨みを持っているとすれば、妻子の住まいが狙われることも考えねばな

さしかし、幸之助の対応は冷淡なものであった。

「東悦先生には、敵も多いようでございますから。このようなことが起こっても、さのみ驚きはいたしません。と申しましても、父が日頃どのように暮らしているかは、わたし共には何もわかりません」

それゆえ、下手人の目星はまったくつかないと応えると、

「どうぞ、母に害が及ばぬように、お守りくださいませ」

父の死を悲しむ前に、母の身を案じたのである。

多忙を極める東悦は、書家としての仕事場に暮らし、妻子とは別れて暮らさざるをえないと人には語っていたようだが、妻子との仲は冷えこみ、既に縁は切れているように思えたと、壮三郎は言う。

目利きとしての名声を使って、粗悪品に高値をつけて不当に利を得たりもしていたようで、幸之助は茶道具を扱う者として、そのような父を許せなかったのではなかったか。

「壮三郎の話から察すると、やはり東悦先生は何者かから深く恨まれていたのだろうな」

柳之助は推察した。

　奉公人、駕籠舁き、弟子達……。東悦の他は誰も殺害されていないのだ。

　憎き東悦を殺し、彼が貯《た》めこんでいたよからぬ金を奪ってやろうと企《たくら》んだのではなかったか。

「東悦先生の裏の顔をよく知る者が悪巧みを働いた……」

「おれはそう思うな」

　柳之助は神妙に頷《うなず》いた。

「彦右衛門を殺害したと見られる仁助《にすけ》が、かかわっているのかもしれぬな」

「それは考えられる」

　壮三郎は、東悦の許《もと》に彦右衛門が出入りしていたという事実を確かめると、彼もまた仁助の関与を疑った。

「だが、そうであったとしても、使い走りくらいしかしておらぬはずだ」

　東悦の乗っている駕籠を襲い、その後役人を装い金蔵を荒らすなど、仁助ごときが考えもつかぬことであろう。

　襲撃者は複数で、いずれも手際がよかったという。

　相当腕が立ち、しかも手馴《てな》れている者の仕業に違いない。

それでも、東悦の供をしていた奉公人の茂助に〝悪いようにはしない〟と言って問うと、東悦が彦右衛門と付合いがあったことを認めた。

彦右衛門が借金の形に押さえた骨董の品を、東悦は鑑定してやっていたようだ。好《よ》い品があると知るや、彦右衛門は容赦なく形にとり高値で東悦を通じて売ってしまうのである。

そうして、東悦にも多額の金を廻《まわ》していたようだ。

彦右衛門はさらに、東悦の色好みを知り、自分の遊び方を教え、娘の斡旋《あっせん》までしていたと見える。

「わたしは、何も聞かされておりませんので存じませんが、遊びの段取りは彦右衛門さんがしていたようで……」

茂助は口を濁したが、この奉公人の話をまとめると容易に想像はつく。

茂助とて主《あるじ》を失ったのだ。

次の奉公先を探さねばならないというのに、東悦についてぺらぺらと喋《しゃべ》ったと世間に思われぬようにしてやるべきだと、壮三郎は配慮してやったのである。

この辺り、外山壮三郎も存外に剛直一途でもない。

そして茂助は、

「名は確《しか》と知りませんが……」

と、前置した上で、仁助と思《おぼ》しき男が彦右衛門に引っ付いて、何度か姿を見せていたと認めたのだ。

見るからに遊び人の風情を漂わせていたし、そこから窺い見ても、彦右衛門がまともな人とは思えなかった。

殺害された日も、お忍びで自分一人を供に連れ、ひっそりとした料理茶屋で、娘を侍《はべ》らせ遊んでいた東悦が、茂助には案じられてならなかった。

しかし東悦はというとまるで意に介さず、

「わたしにも息抜きが大事だからねえ……」

と、呑気《のんき》なことを言って遊んでいたのである。

仁助が彦右衛門を殺害したのは、よほど酷《ひど》い仕打ちを受けたからであろう。

そもそも東悦は、金と女を得るための道具として彦右衛門を用いていただけで、

「ただの金貸し風情が」

と、心の底では侮っていた。

自分を襲う者がいるというのは、彦右衛門と同類であることになると、茂助の心配に耳を傾けようとしなかったのだ。

壮三郎の話を聞くにつけ、

「おれはどうも、むかむかとしてきたよ」

柳之助は気分が悪くなった。

殺された者の死が悲しく思えぬとは情けないことだ。

彦右衛門と北村東悦は、身分は違えど殺されても仕方がない者としては同類ではないか。

「ひとまず仁助を捕まえねばな」

「ああ、奴《やつ》が東悦先生の乱れっぷりを垣間見《かいまみ》て、誰かに持ちかけたのかもしれぬ」

「隠密廻りとしても、探ってみよう」

「そいつはありがたい」

柳之助と壮三郎は、共闘を誓い、この先の方策を確かめ合った。

彦右衛門殺しと、東悦殺しが結びついているとすれば、

「悪人を殺して金を奪ったとて何がいけないのだ」

という、賊の開き直った声が聞こえてくる。

町同心に扮して揚戸から押し入ったというのは、奉行所への挑戦とも受け取れる。

柳之助にとっても、壮三郎にとっても断じて許すことが出来ぬ相手であった。

（三）

芦川家では、柳之助の妻女・千秋《ちあき》が、ぽってりとした愛らしい口を尖《とが》らせて、悲憤慷慨《こうがい》していた。

「北村東悦ともあろうお方が何と汚らわしい……。男とは、皆そういうものなのでしょうか……」

柳之助から件の騒動を知らされてのことである。

大川橋から身を投げたおいとは、男達の欲望の餌食となり、それを苦にして自ら命を絶ったのだ。

一人残された病弱な父親を励まさんとして、千秋は藤沢から孫娘のおいとに会いに江戸へ出てきた老婆に、女中のお花《はな》をおいとに仕立てて会わせてやるように段取りをした。

泣いて喜ぶ父親と、素直においとの成長を喜ぶ老婆の姿をそっと認め、千秋は女を物としか思わぬ思いあがった連中に怒りを募らせていた。

それに先立って仁助探索の鍵を握る、彫り物師・音次郎《おとじろう》の許に潜入して成果をあげ

たのであるが、

「あの汚らわしい金貸しと、東悦先生が陰で繋がっていたとは……」

柳之助以上に信じられなかったのだ。

将軍家御用達《ごようたし》の扇店〝善喜堂《ぜんきどう》〟の娘として生まれた千秋である。

東悦とは何度か会ったことがあった。

古今東西の知識に富み、

「これは千秋殿、いつも変わらぬ美しさでござりまするな」

会えばにこやかに頬笑《ほおえ》んだものだ。

穏やかで学識に溢《あふ》れた風流人と思い敬っていた東悦が、彦右衛門と同じようなことをして、素人娘と戯れていたかと想像すると、不快で堪《たま》らない。

あの時、娘の自分を見ていた目の奥に、卑しいものが潜んでいたかと考えると、吐き気すら覚えるではないか。

柳之助はそれがわかっていたので、千秋に知らせてもよいものかと迷ったが、この強妻のことである。

自分が今当っている探索がどういうものか、隠せばよけいに知りたくなるだろうし、彼女がその気になれば、隠し通せない。どうしたとて聞きつけるであろう。

それゆえさらりと告げたのだが、思った以上に千秋は怒りを覚えたのである。

彦右衛門ならばともかく、東悦ほどの者が、おかしな性癖を持っているのが、柳之助以上に純真な千秋にとっては、とんでもない衝撃であったらしい。

こうなると探究心が旺盛な千秋はじっとしていられずに、柳之助から話を聞いた翌日、柳之助を仕事に送り出してから、

「お花、あなたには東悦先生の心の内がわかりますか？」

実家以来の女中であるお花を、自室へそっと呼んで訊《たず》ねてみたというわけだ。

「わたしにはさっぱりとわかりません……」

そもそも千秋よりさらに歳《とし》が下で、同じように暮らしてきたお花に訊ねるものではなかった。

わかるはずがない。

だが、お花は千秋以上に好奇心に溢れているので、

「まず好き者という男《の》は、病持ちだと思った方がよろしいかと」

そのように言って、適当に言葉を濁しておけばよいものを、

「殿ごというものは、狼や熊が狩りをするように、色んな女ごを味わってみたいと思うようにできていると聞いたことがあります」

などとよけいなことを言ってしまう。

「それはつまり、女に飽きやすいということなの？」

「飽きやすいのではなく、あれもこれもと、欲張りなのでしょうね」

「なるほど、上様がそうでいらっしゃいますねえ」

時の将軍・徳川家斉《いえなり》は十数人の妻妾《さいしょう》を持ち、五十人以上の子女を生ませたことで知られている。

将軍に子がいないと世継ぎがおらず、政道が混乱する。

そのためにも、歴代将軍は何人もの側室を持ち、血筋を絶やさぬようにしてきた。

それでも男子は二十六名いたというから、

「いくら早死にする子がいたとしても、そんなにいりませんからねえ。上様はほんにお盛んで、欲張りなんでしょう。ほほほ……」

お花は、少女の頃から千秋の話し相手を務めてきたゆえ、今でも姉妹のような遠慮のなさがある。

大好きな千秋を笑わせようとして、いささか喋り過ぎることもしばしばだ。

おもしろがるのはよいが、こんな話を武家の新妻となった千秋にするものではない。

「うちの旦那様もそうなのでしょうか……」

どうしても千秋の想《おも》いはそこへ至るというものだ。しかしお花はというと、

「ほほほほ……。旦那様に限ってそのようなことがあるはずがありません」

これを一笑に付した。

確かに芦川柳之助は凛々《りり》しくて爽やか、八丁堀同心としてはほどのよさが際立っているものの、

——どうも女心が読めない、唐変木ですからねえ。

彼女は日頃からそう思っている。

ついその言葉が出そうになるのを、危うく堪《こら》えたが、

——笑ってはいけなかった。

と、すぐに口を押さえた。

柳之助をからかうような態度を、千秋は許さないのだ。

「旦那様に限って……？　それはどういうこと？　旦那様には女が寄りつかないとでも言うの？」

案の定、千秋はそこを突いてきた。

「あ、いえ、旦那様はそりゃあもう、おもてになるでしょうけれども……」

「ええ。この千秋も、お見廻り中の旦那様を一目見て、心を奪われたのですからね」

千秋は憂え顔となった。

自分がそうなのだから、世間の女達も放っておかないに違いないと、伏せがちの目が訴えている。

いやいや、〝好いたらしい旦那〟と思う女は多いだろうが、柳之助はそういう女の素振りに気付かない、野暮天なのだ——。

「おもてになるでしょうけれども、旦那様のお心はご新造《しんぞう》様だけに向けられているゆえ、ご案じ召されずともようございましょう」

お花は笑いを堪えて、神妙な表情で畏《かしこ》まってみせたものだ。

「そうでしょうかねえ」

千秋の憂え顔はそのままである。

柳之助の自分への想いが翻ることはまずあるまい。

それだけの夫婦の絆《きずな》を重ねてきた自負はある。

しかし、芦川家の世継を自分が生《な》せぬまま時が過ぎればどうなろう。

まだ夫婦になって一年にも充《み》たぬというのに、そんなことを考えるのは早計であるとは思う。

姑《しゅうとめ》の夏枝《なつえ》は千秋が嫁入りした時、

「世継ぎ世継ぎと焦ることはありませんよ。子は授かりものですからね」

そのように告げていた。

夏枝は、千秋が〝将軍家影武芸指南役〟の娘であると知らぬ前から、快活な嫁には息子・柳之助を助けて大いに働いてもらいたいと思っていた。

「まずは柳之助を守り立てて、息子が立派な同心と呼ばれるようにしてやってください。子はそれからでも遅くはありませんよ」

それが夏枝の本音であった。

世継ぎを生まねばならぬ重圧は、武家の妻には厳しくのしかかってくる。

夏枝も、柳之助を産んで健やかに育ってくれるまでは、気が気でなかった。

自分も重圧をかけられたから、嫁に子を早く生せというのではなく、あのような嫌な想いはさせたくないと思うのが、夏枝という義母なのだ。

柳之助のやさしさや、人への思いやりの細やかさは、この母親に似ているのだと、千秋はつくづくと考えさせられる。

柳之助は、自分達夫婦に子が授からなければ、どこからか養子を迎えればよいと言うであろう。

しかし、柳之助には先祖からの重圧もある。

芦川の血筋を絶やしてはならぬ、子を確実に儲《もう》けておこうと、千秋以外の女に目が行かぬとも限らない。

あの北村東悦でさえも、欲情には我を忘れたのだ。

血筋を保たんとする目的があれば、誠実な柳之助の心にも魔がさすかもしれぬではないか。

「ああ、何やら胸が締めつけられるような……」

千秋はあれこれと想像して、お花の前で身もだえた。

「考え過ぎは、お体によくありません」

お花は千秋を気遣ったが、

――幸せなお人だこと。

内心では苦笑いを禁じえなかった。

夫・柳之助を思って心を痛めるのが、千秋にとっては夫婦の情を深めるひとつの手段であり、そういう自分が心地よいのだ。

「お花、どうしましょう。考えてみれば、旦那様はこのところ町の衆に身をやつして、お見廻りをなされています」

「それが何か？」

「何かではありません。お役人と一目見てわかれば世間の女子も遠慮するでしょうが、町の男と思えば言い寄る女子もいるはず」

「そうでしょうか」

「そうです！」

「いっそ醜い男に化けてくだされればよろしいかと」

「旦那様が醜い男になれるわけがありません」

「そうでしょうか」

「そうです！　おやさしくて凜々しい旦那様です。すぐに地が出てしまいますよ。ああ、どうしましょう。いえ、ここで取り乱しては武家の妻は務まりませんね。いえ、でも気になります……」

それからしばし千秋の身もだえは続いたのである。

（四）

妻、千秋が夫を思い身もだえている頃。

芦川柳之助は、一旦南町奉行所に出仕してから、新たな難問にぶつかっていた。

あらゆる事件の鍵を握っていると思われ、一刻も早く捕えるべく奉行所が動いていた遊び人の仁助が、骸《むくろ》となって見つかったのである。

下日暮里《したにっぽり》の里と音無《おとなし》川で向き合う、道灌《どうかん》山の麓の斜面に仁助は埋められていた。

身元を確かめるのに苦労したが、骸が身につけていた羽織が、あの上田紬であったことから、

「もしや……」

と、調べを進めると、仁助に違いがないと知れたのだ。

「こいつはいったいどういうことなんだろうな……」

定町《じょうまち》廻り同心の外山壮三郎は、巨体を揺すりながら歯嚙《はが》みをした。

彦右衛門の根岸の寮からほど近い庵に住む絵師と、近在の百姓の息子が、彦右衛門と仁助が雑木林近くで話しているのを見ていた。

仁助はその時、押し黙っていて、思いつめた表情をしていたそうで、それから小半《こはん》刻《とき》くらい後に、百姓の老婆が殺害された彦右衛門の死体を発見していた。

これらの証言と事実から、高利貸しの彦右衛門を殺害したのは仁助に違いないと、彼は断定していた。

殺害に当っては仲間がいたのか。

彦右衛門に素人娘を世話していたのは仁助であったはずだが、どのような手口で娘達をたぶらかしたのか。

北村東悦襲撃は、彦右衛門の死と繋がっているのか。

東悦が料理茶屋に呼んでいた女達は、仁助が手配していたのか。

娘達の中に、身を投げたおいとはいたのか。

そのような事柄が、おいとの死に続いて、仁助が殺害されたことで、一から調べ直さねばならぬようになった。

仁助は、刀で一突きにされていた。

その様子から察すると、殺害者はなかなか腕の立つ武士ではないかと思われる。

そ奴には仲間がいるはずだ。

仁助から、彦右衛門と北村東悦が、よからぬ金を貯《たくわ》え込んでいるとの情報を仕入れ、見事に襲撃してのけた後、小悪党でいつしくじるか知れぬ仁助を、念のため始末しておいたのかもしれない。

壮三郎は、次々と己《おの》が推理を柳之助にぶつけたが、柳之助はそのひとつひとつには頷けるものの、仁助が東悦の女の世話までしていたとは考え辛かった。

町場の高利貸しの彦右衛門は、それなりの財力があったかもしれないが、東悦とは分限者《ぶげんしゃ》としての格が違う。仁助など、傍《そば》に近寄れるものではない。

家人の証言の通り、せいぜい彦右衛門の供をして、何度か東悦の許を訪れたか、使い走りで彦右衛門との繋ぎを務めたくらいではなかったのだろうか。

「こういうことも考えられねえかい？」

実は彦右衛門と共に仁助は殺されていたが、賊は仁助が疑われるような状況であると見て、仁助の骸を隠し、さも仁助が逃亡して姿を隠しているように見せかけた——。

柳之助はそのような推理を立ててみたのだ。

「なるほど、そうして役所の気をそらしておいて、次は北村東悦を狙った……」

頷きつつ、壮三郎は腕組みをして考え込んだ。

彦右衛門と仁助を殺害して、仁助の骸だけを遠くへ運ぶというのは、なかなかに目立ってしまう恐れがある。

たとえば菰《こも》を骸にかけて荷車に載せて運び去る。

駕籠に乗せて運び去る。

そんなところであろうが、彦右衛門と仁助が二人でいるのを見かけた者がいて、そこから小半刻くらい後に、殺害された彦右衛門の骸を百姓の老婆が通りすがりに見つけたのである。

その間に近くを荷車や駕籠が通った気配があったかというと、そのような声は聞こえてこなかった。

それらの事実を積み重ねてみると、

「おれの考え過ぎか……」

柳之助も、自信がなくなってくる。――

二人で頭を捻っていると、古参与力の中島嘉兵衛から呼び出された。

年寄同心の詰所へ来るようにとのことであった。

二人で静かに中へ入ると、既に定町廻り、臨時廻りの同心が一人ずついて、嘉兵衛の前で分別くさい表情をしていた。

「おう、きたか。まずここへ寄るがよい」

嘉兵衛は火鉢の傍へ手招きをした。

「芦川、隠密廻りの任にも慣れたか？」

二人が頭を下げて前へ出ると、嘉兵衛は少し含み笑いをして柳之助を見た。

嘉兵衛は、柳之助の妻・千秋の裏の顔を知る、数少ない役人の一人である。

彼にとってはそれが光栄でもあり、柳之助に気遣ってやらねばならない役割をも背負っているのだ。

含み笑いには、八丁堀随一の強妻は、

「近頃機嫌よくしているのか？」

という意味合いが込められている。

何か大変な騒動、変事が起これば、奉行・筒井和泉守《つついいずみのかみ》は千秋の合力を期待するであろう。

同心などというものは、私的に密偵、手先を雇い、使いこなすことが暗に認められているのだ。

一族郎党総出で戦うのが武家ならば、妻女がそっと夫を助けるのは当り前である。

とはいえ、妻に助けられることには恥ずかしさが残るし、いくら千秋が凄腕《すごうで》とて惚《ほ》れ合って一緒になった新妻を、危険なところへ送り込むなど、気が進む話ではない。

「それでも、江戸の治安のために、そこは分別してもらいたい……」

嘉兵衛はそう言いたかったのだろう。

となれば、この度の嘉兵衛の呼び出しには特別な想いが込められているのかもしれない。

柳之助は気合を入れ直した。

「北村東悦殿の一件についてだが……」

嘉兵衛はすぐに重苦しい口調となって、

「御奉行が、心してかかるようにと、気にかけておいでだな」

と、和泉守の懸念を伝えた。

彦右衛門のことはどうでもよいが、北村東悦の一件は慎重にことを運ばないと、取り調べが難しくなると、和泉守は考えていた。

東悦は、大身の旗本、大名、富商との交遊が深い。

彼を調べていくと、〝うるさい連中〟に繋がる恐れがある。

その中には風雅の道以上に、遊興の秘事を供にしてきた者もあろう。

彼らが、素人娘を侍らせての乱痴気騒ぎに加わっていたとすれば、

「北村東悦殿を徒《いたず》らに貶《おとし》めるのはいかがなものであろう」

「死者に鞭《むち》を打つような真似《まね》はいたさぬがよかろう」

「無礼は許さぬ」

などと己が保身のために言い立て、横槍《よこやり》を入れてくるに違いない。

和泉守は、

「誰が何と言おうが、我らは正義のままに動くのみ。何者にも忖度《そんたく》をするつもりなどはない」

という強い意志を持っている。

「だが正面からぶつかるのは得策ではない。かえって邪魔をされて動き辛くなっては困るゆえにな」

そして一方では、細心の注意をはらっているのだ。

「わかるな……」

嘉兵衛は和泉守からの言葉を嚙み砕いて同心達に告げた。

柳之助も壮三郎も、嘉兵衛が言わんとしていることの意味はわかっている。

皆一様に畏まってみせたのである。

（五）

芦川柳之助と外山壮三郎は、ひとまずあれこれ意を含んで、それぞれの探索に努めることにした。

まずは、白山権現近くの料理茶屋で、北村東悦がどのような遊びをしていたかが気になった。

奉行・筒井和泉守が言うように、奉行所がまともに問えば、料理茶屋も贔屓《ひいき》客の手前、構えてしまうであろう。

それこそ、横槍が入りかねない。

そこで柳之助は旅の絵師に扮し、客として探りを入れてみた。

その際は、千秋の実家である〝善喜堂〟からの紹介を得た。

〝善喜堂〟の主・善右衛門《ぜんえもん》は、この店を使ったことはないが、そこは将軍家御用達の老舗《しにせ》の名は知れ渡っている。

北村東悦との関わりもある扇店の紹介となれば、すぐに客となれた。

この度の一件に興味を示す千秋を刺激することになりかねなかったが、柳之助はまたも千秋にその段取りを任せたものだ。

「そのようなことならば、おやすいご用にございます」

千秋は嬉々《きき》として、善右衛門との折衝にあたったが、

「旦那様は、やはりお役のために、その、娘ごを宴に呼ばれるのですか」

そのことだけは、気にして問うてきた。

「ふふふ、役儀柄それができれば、あれこれ手がかりを得られるかもしれぬが、遊び方を知らぬおれがすると、化けの皮がすぐにはがれてしまうよ」

柳之助はそのように応えて、

「なるほど、旦那様もそこは不得手でございますからね」

と、千秋を納得させたが、そもそも料理茶屋にそのような問い合わせは、迂闊《うかつ》に出来なかった。

客として潜入し、女中相手に酒食を楽しみながら、

「ここに娼衆《よね》を呼んだりできるのかな。いや、わたしの贔屓のお方が、それがのうては満足がいかぬ困った人でな」

そんな風に探りを入れてみたのだが、

「生憎《あいにく》、店でご用意はいたしておりませんで……」

女中は口を閉ざした。

店には東悦の他にも名の知れた武士や町人がお忍びで来ているらしい。

東悦の殺害は、その客達にもそれなりに衝撃を与えているに違いない。

同じような遊びをしていたものは、当面の間は控えるであろうし、

「何を問われても、知らぬ存ぜぬと、な」

店はそのように念を押されてもいると思われる。

東悦の乱痴気騒ぎについては、店も実態を把握していたはずだが、一切表に出すことは出来ない。

要《い》らぬ話をすれば、店が潰されてしまうのだ。

「左様で。こういう人目に立たぬ店は、そうあるものではありませんからねえ。贔屓のお方をお連れしたら、きっとそのような不埒《ふらち》なことを言い出しそうですから、この店にはお連れしないようにいたしますよ。わたしなどはこうしてお女中相手に、あれこれと世間話をしながら、お酒と料理をいただくのが何よりですからねえ」

柳之助は、すぐに話を引っ込めた。

「これは畏れ入ります……」

女中は三十過ぎの古株であるが、柳之助から穏やかな口調で話しかけられると、彼の爽やかさにぽっと頬を染めて酌をした。

下手に女遊びなどをするとすぐに化けの皮がはがれそうだが、このように清廉な若者を演じると、まず疑われずにすむ。

女中の話を聞いていると、この料理茶屋で宴席に侍る女を用意している風には思われなかった。

酒も料理もよく、お忍びで遊ぶのによい立地なので、ここへは予《あらかじ》めきれいどころを用意して連れ込むのが決まりのようだ。

店としては上客なので、酒と料理さえ運べば、あとは思いのままにというところなのであろう。

どのような娘が出入りしていたかを探りたかったが、この様子では店の者達も、客に遠慮をして、娘達とは顔を合わそうとはしなかったはずだ。

訊《き》いたとてわかるまい。奉公人の茂助とて、心当りがないと言っているのだ。

ただ、女中の口ぶりからすると、東悦がこの店に度々訪れて、宴席に娘達を侍らせていたのは確かである。

まずは、それだけがわかればよかろう。

旅の絵師に扮した柳之助は、一刻《いっとき》ばかりで店をあとにした。

そして近頃訴えがあった〝神隠し〟の娘達の足跡を、そっと辿《たど》ってみようと考えた。

といっても、足跡が見えぬゆえ〝神隠し〟とされるのだ。容易《たやす》くはない。

だが、娘達に共通する一面を見ると、大川橋から身を投げたおいとのような、何とかして親を支えようという孝行娘は、一人もいなかった。

皆一様に、親が小商いをしていて、店を手伝ううちによからぬことをしでかし、〝跳ねっ返り〟と呼ばれるようになった。

しかも、五人のうち四人は次女で、立場が気楽ゆえ、不良と付合ううちに、ますます素行が悪くなっていったのだ。

そのうちに、

「ちょいと酒に付合うだけで、好《い》い小遣い稼ぎになるんだがなあ。どうだい、やってみねえか？」

などと、若くて見てくれのよい破落戸《ならずもの》に騙《だま》されて、どこかへ連れ去られたのではないか。

食うに困って色を売る仕事に就《つ》く女と違って、ぐれていたとて素人らしさが漂うので、その手合が好きな物持ちの旦那衆には、堪らぬよさがあるのだろう。

そして、行方知れずとなってしまっても、町の御用聞きや役人も、

「そいつは身から出た錆《さび》ってもんだな」

と、真剣には取り合ってくれない。

親の方も、日頃から次女のすることにはそれほど興もそそられず、心のどこかで厄介払いが出来た想いにもなる。

娘の身を案じつつも、

「似合いの男と手に手をとって、今ではそれなりによろしくやっているのではないのかねえ」

といううちに、身近にいる子供がますますかわいくなり、跳ねっ返りのことは忘れ

てしまうのだ。

　これらの消えた娘達からすると、純情を貫かんとして川へ身を投げた、おいとがますます哀れに思えてきた。

　そして、〝神隠し〟にあったという娘達は、皆同じ〝神〟に攫《さら》われたのか、それが気になる。

　もしも同じ者による仕業ならば、攫った奴は悪巧みに長《た》けていると言っていいだろう。

　既にどこぞの遊び人とでもひっ付いて逐電したと片付けられている娘達を、もう一度洗い直すというのは、奉行所内で軋轢《あつれき》を生むことにもなりかねない。

　それでも、隠密廻りは、他の同心に内密で調べものが出来る強みがある。

　柳之助は、人捜しを頼まれている万屋《よろず》竜三郎《りゅうざぶろう》に姿を変え、消えた娘達の足跡をわかるところから辿ってみた。

　すると、いずれもいなくなった日の足取りはまったくわからなかったが、五人の内の三人は永代橋《えいたい》にほど近い、深川佐賀町《ふかがわさがちょう》の汁粉屋〝ふみ〟によく出入りしていたということがわかったのである。

（六）

〝ふみ〟は大川の最下流を臨む岸辺にある、間口一間半ばかりの小体な汁粉屋であった。

店を切り盛りしているのは、店の名の通りおふみという女である。

歳は二十三。体つきは痩身ではあるが、肉置《ししお》きがしっかりと引き締まっていて、健やかな色香を醸している。

やや浅黒い肌は利かぬ気とさっぱりとした愛嬌《あいきょう》を引き立てていて、何をするにもはきはきとして気持ちがいい。

汁粉屋を出すまでは、深川の盛り場を渡り歩いて生きてきたというが、そういう苦労を顔に出さぬところが身上である。

おふみはただ一人で店を開けている。

気に食わぬことがあった時や、用がある時はためらわずに店を放ったまま、外へ出てしまうのだが、その気儘《きまま》さを常連客は頰笑ましく見ているという。

そういうおふみであるから、処《ところ》の者達からは人気がある。

特に、世間から〝跳ねっ返り〟と呼ばれている娘達からは慕われていて、汁粉屋に悩みを相談に来る娘達が多いのだ。

店が酒場なら行き辛くもあろうが、汁粉屋なら通って話し相手になってもらい易《やす》い。

〝神隠し〟の娘五人の家は、上野、浅草、深川、両国《りょうごく》、本所《ほんじょ》と、ばらばらなのだが、浅草、深川、本所の三人が、おふみの店の噂《うわさ》を聞きつけて遊びに行っていた。

この辺りの話は、密偵の九平次《くへいじ》が乾分《こぶん》達を町に放って調べてくれたものだ。

芦川柳之助にとっては正しく朗報であった。

柳之助は三日にわたって汁粉屋を訪ねた。

男一人で汁粉屋へ入るので、少し決まりの悪そうな表情を繕って、

「おれは甘えものが好きでねえ」

とだけ告げて、何も聞かずに帰った。

その際、何か訊きたそうな風情を見せておいた。

すると三日目に、

「何かあたしに訊きたいことでもあるんですか？」

と、おふみの方から声をかけてきた。

「わかるかい？」

柳之助は、降参したとばかりに頭を掻いてみせた。

「そりゃあわかりますよ」

おふみはからからと笑った。

「おれみてえなのが、いきなり姉さんにものを訊ねたら怪しまれるかと思って、なかなか話せなかったのさ」

柳之助は苦笑した。

それは本音でもあるが、人のよさが滲《にじ》み出る万屋を演じたともいえる。

「何も怪しんじゃあおりませんよ」

それもおふみの正直な気持ちであった。――

ほどよい男振りの柳之助は、決して恰好《かっこう》をつけたりせず、美味《うま》そうに汁粉を食べて、いつもにこにことしていた。

おふみも柳之助より年若ではあるが、それなりに世の中を見てきている。

隠密廻り同心の仮の姿とはいえ、柳之助に邪心がないのは様子を見ればわかるのだ。

「ちょいと人を捜しているんだが、心当りはないかと思ってねえ」

「人を捜している?」

「怪しい者じゃあねえんだ。おれは万屋……、つまるところ〝何でも屋〟ってものさ。

いや、十分怪しいよな。ははは……」

柳之助にも、このような洒落《しやれ》っけが身についてきた。

ぶってみたり、気取ってみたりせず、正直者でどこか憎めない男を演じた方が、相手からの取っ付きがよいと悟ったのだ。

考えてみれば、それだけ柳之助は町同心らしくないということになるが、隠密廻りには適任なのであろう。

おふみはこの万屋と喋るのが楽しくなってきたようだ。

「お茶をおごってくださいな。ちょうど休みたいと思っていたところでしてね」

歯切れよく応えて、店を閉めてしまった。

そうして、大川橋の掛茶屋へと柳之助を誘い、さっさと長床几《ながしようぎ》に腰をかけたのである。

「姉さんの店には、ちょいとばかりこましゃくれた娘っ子が、よく来ると聞いてねえ」

「こましゃくれた娘っ子ねえ。ふふふ、これがどういうわけか来るんですよう」

「こましゃくれた娘にも、色々と言い分があって、そいつを姉さんに聞いてもらいてえんだろうなあ」

「そういうことのようですが、どうしてあたしなんでしょうねえ」

「おれにはわかるねえ。姉さんには声をかけ易かったんだろうよ」

「ものを訊ねるのに三日もかかったお人がよく言いますよ」

「はははは、違えねえや。だがそこは、女同士の気やすさってものさ」

「なるほど、赤の他人の方が話しやすいこともあるんでしょうねえ」

「こましゃくれた娘でも、頼られるとかわいくなって、ついあれこれと話を聞いてしまうんだろう」

「ええ、そんなところですよ」

おふみは運ばれてきた茶を美味そうに啜《すす》ると、溜息《ためいき》をついた。

そういう自分がおかしくもあり、こましゃくれた娘のことが気にかかるのであろうか。

「で、どの娘《こ》をお捜しで？」

おふみの双眸がきらりと光った。

「おえい、おきぬ、おくま……。この三人なんだよ」

「その三人なら、もう行方が知れなくなっているはずですよ」

「ああ、それは重々承知なんだがね。町の御用聞きにも見捨てられているから、万屋に仕事が回ってくるって寸法でね」

「そういうことですか……。あの娘達の親が、お役人が取り合ってくれないから万屋の旦那に頼んだのですか？」

おふみは意外そうな表情を浮かべた。

柳之助があげた三人の親達は、そもそも世間体を繕うために役所に届けたが、次女のこましゃくれた娘に関心を持っていなかった。

こましゃくれているから親に疎まれたのか、親に構ってもらえなかったから、こましゃくれてしまったのか——。

その辺りは考えさせられるところであるが、いずれにせよ、おふみは戸惑いをみせていた。

おふみの疑問はお見通しである。

「いや、それがまあ、姉さんには話しておきますがねえ。三人共、情夫《まぶ》からの頼みでさあ」

「情夫？」

「情夫気取りといった方が好いかな……」

おえいの失踪が、どこぞの極道者と一緒になって逐電したのに違いないと、すまさ

れてしまった後、

「そんなはずがあるもんかい」

と、憤慨した町の若い衆が万屋を訪ねてきて、

「おえいは向こう見ずで、危なかしい奴だが、おれの他にそんな男はいねえはずだ。いたとしたら、おえいをこの手で殺してやる」

と、おだを上げ、何とかしておえいの行方を突き止めてもらいたいと頼んできた――。

これはもちろん作り話だが、万屋竜三郎が娘捜しに動いている理由としては、真実味があった。

「まあ、それで引き受けたところ、この話を聞きつけた情夫気取りが、他にも二人出てきたってわけさ」

柳之助の作り話を、おふみは疑わなかった。

「情夫気取りがねえ。おえいちゃんの相手は、確か、長《ちょう》さんとかいう……」

「いや、そいつはくれぐれも口外しねえという取り決めなのでね。勘弁してもらいてえのさ」

柳之助はすかさず言った。

「そうですか……」

おふみは納得した。

彼女もまた、店にきていた娘達が行方知れずになったと知り、「まさか、男と一緒に逃げたなんて……」

と、不審に思っていたのだ。

「まず姉さんなら、娘達から何か心当りになるような話を聞いていねえかと思ってねえ」

柳之助はたたみかけた。

「どこかへ連れていかれて、ひどい目に遭っているのかもしれませんねえ」

おふみは憂え顔をした。

「そうなんだよ。人捜しをしてやろうと引き受けたのも、小娘を騙してひでえ目に遭わそうって野郎がいたら許せねえという想いがあったからなんだ」

「あたしも同じ想いですよう。あたしも早くに二親《ふたおや》に逸《はぐ》れて、色々と危ない目に遭ってきたのでねえ」

「それで、困っている娘っ子を見ると放っておけねえんだな。その気持ちはよくわかるよ」

おふみと話していると、跳ねっ返りの娘達が、ここを駆け込み寺のように思って訪ねて来るというのがますます頷ける。

女一人でここまで生きてきた陰には、人に言われぬこともあったのだろう。

柳之助はその辺りの彼女の過去には一切触れずに、

「今思い出せとは言わねえが、おえい、おきぬ、おくまの三人が、何か気になることを言っていたなら、教えておくれ」

「いつもとりとめもない話をするのを、聞いてあげるばかりだったから、大した手がかりにならないかもしれないが、しっかりと思い出しておきますよ」

「そいつはありがてえや。ひとつだけ聞いておきてえんだが……」

「何です?」

「仁助という遊び人を見かけなかったかい」

「仁助……。その名には聞き覚えがありませんが……」

「そうかい。この野郎は、娘達を騙して好き者のおやじの許へ連れていって、いかがわしいことをさせていたというんだ」

「ひどい奴ですねえ……。そんなら、いなくなった娘達は、そいつに騙されて、どこかへ連れていかれたと?」

「いや、それがわからねえまま、仁助は何者かに殺されて、道灌山に埋められていたって話さ」

「悪いことはできませんねえ」

「もしかして、娘達からその名を聞いていたかもしれねえと思ったんだが……」

「それらしい男がうろついていたかもしれませんねえ。それも一緒に思い出しておきますよ」

「かっちけねえ。手間ァとらせたね。改めて礼をさせてもらうよ」

「礼なんていりませんよ。あたしも、慕ってくれた娘達がいなくなったと聞いて、何だか落ち着かずにいましたから、一肌脱がしてもらいますよ」

おふみは快く胸を叩《たた》いたのだ。

柳之助は、久しぶりに爽快な想いがして、その場を立ち去った。

冬の空の下で温かい物に触れた心地がした。

（七）

その夜。

芦川柳之助の組屋敷に、外山壮三郎が訪ねてきた。

「休んでいるところをすまぬな。今日中に話しておきたいことがあってな」

壮三郎はすまなそうにしたが、柳之助も〝ふみ〟という汁粉屋のことを話したくてうずうずとしていたところで、

「いや、おれもちょうど壮さんに話しておきたいことがあったのさ」

と、歓待した。

芦川家の夕餉《ゆうげ》はすんでいたが、

「酒の仕度を頼むよ」

柳之助は千秋に言いつけると、二人で書院の一間に入った。

千秋はお花に手伝わせて、嬉々として酒肴《しゅこう》の仕度に当った。

実家の〝善喜堂〟には、毎日のように来客があり、賑《にぎ》やかな夜が好きな千秋であった。

それが八丁堀組屋敷へ来てからは、同心はそれぞれの役儀があり、屋敷を訪ね合うことが少なかった。

隠密廻りになってからは、特殊な任務であるゆえに、何か用がある時は柳之助の方からそっと出向くので、千秋、お花共に料理の腕の見せどころがなかったのだ。

とはいえ、二人で酒宴を開くわけではなく、何か話があるようなので、ゆったりと膝をつき合わせて食べられるようなものがよかろう。

「小鍋立てがよいでしょう」

大根を厚過ぎず薄過ぎず切って、油揚げと共に薄味の出汁《だし》で煮るよう調えて、火鉢の上に置いた。

「これはありがたい。千秋殿が拵えると、ますますうまそうに見える」

壮三郎は大いに喜んだが、

「千秋、すまんだな。あとは二人でやるよ」

柳之助は下がっているようにと言った。

武家で、お上からの仕事を託されている柳之助である。

密議の場に妻を同席させるはずがないのはわかっているが、千秋には、

――わたしは、そんじょそこらの妻女とは違う。

という自負がある。

「畏まりました」

と、引き下がりはしたが、おもしろくはなかった。

「まず、壮さんの話を聞こう」

柳之助は、それに構わず水を向けた。

「仁助のことだが……」

壮三郎は声を潜めた。

「奴の住処をもう一度詳しくあたってみたところ、天井裏からこんなものが出てきやがったんだ」

壮三郎は一冊の書籍を見せた。

「こいつはまた、難《かし》しそうな漢籍だなあ」

柳之助は小首を傾げた。

「奴にはまったく不似合だろう」

壮三郎が頷いた。

「一念発起して学問に目覚めた……、わけでもなさそうだな」

柳之助が冊子をめくってみると、ところどころ破られているところがある。

「こいつをどう思う？」

「ここに何か符帳のようなものが、書き込まれていたとか？」

「おれもそんな風に思うのだ」

「こいつを扱っている書店は？」

「上野山下にある、本橋道四郎《もとはしみちしろう》という者が開いている店だ」

「さすがは壮さんだ。調べが早いではないか」

「この、本橋というのは浪人で、二年ほど前から書店を開いているらしいが、そっと様子を窺ったところ、いつもほとんど客がおらず、本橋らしき男も、何やら怪しい……」

学者風の男と思ったが、どこかで剣術道場を開いているような、むくつけき武士であると、壮三郎は言う。

「ふふふ、見てくれで決められると辛いな」

柳之助はふっと笑った。

そういう外山壮三郎とて、八丁堀同心とは思えない豪傑風であるからだ。

「それはおれも同感だがな」

壮三郎も苦笑した。

「おれの方で、本橋道四郎がどんな男か、そっと探っておくよ」

「そうしてくれるか」

壮三郎が店へ行ってあれこれ問えば、本橋も身構えるであろう。

のらりくらりと言い逃れをするうちに、本質に触れる前に消えてしまう恐れもある。

「漢籍を売っただけで、しょっ引くわけにもいかぬからな」

南町奉行・筒井和泉守からは、北村東悦が絡む事柄には気をつけろと言われている。東悦と関わる連中には、迂闊に手を出すとこっちが火傷《やけど》してしまう相手もいる。

まずそっと様子を窺わねばなるまい。

「もっと早く、仁助の住処《すみか》を調べあげるべきだった」

天井裏に置いてあったくらいで見過すとは恥ずべきことだと壮三郎は頭を掻いたものだ。

もしも北村東悦に女の世話をしている者がいたとすれば、仁助では小物すぎる。

他にもそういう役目を負っている者がいて、仁助はその手下の一人ではなかったかと壮三郎は考えている。

「それで、柳之助、おぬしの方は何か手がかりを摑《つか》んだのか」

「手がかりというほどのものは摑めてはいないが、ちょっとした味方ができそうだ」

「ほう……」

柳之助は、汁粉屋のおふみについて熱く語った。

その後も、小者の三平、密偵の九平次がおふみについて調べたところ、

「なかなかに、人助けに精を出しているようですぜ」

とわかった。

早くに二親に逸れ、苦労をしながら生きてきたおふみは、

「あたしも色んな人に助けてもらって、今があるのでね」

と、汁粉屋をしながら、気儘に暮らしている現状をありがたく思い、自分も困っている人を助けるようにしなければ罰が当ると、近隣の年寄、女、子供の世話をあれこれと焼いているらしい。

「それはなかなかよくできた女だな」

「ああ、おれとは気が合いそうでな」

「こましゃくれた娘の話を聞いてやって、正しい道に導こうとしているのだな」

「おふみの言うことを聞かねえ娘もいるようだが、それも自分のせいだ、いたらなかったからだと思う……。そういう女のようだ」

「心強い味方になりそうだな」

一通り話し終えた時。小鍋が好い具合にぐつぐつと煮えてきた。

同時に、隣室でさりげなく夫の話を聞いていた千秋の胸の内も、ぐつぐつと煮えてきたのである。

（八）

上野山下にある書店は、大通りから下谷町二丁目の細い小路にあった。

「お花はここで待っていておくれ……」

書店を見渡せる辻《つじ》に現れたのは、お花を伴った千秋であった。

儒者の娘で、日本橋通南一丁目で手習い師匠をしている千春《ちはる》というのが、この日の仮の姿であった。

昨夜、外山壮三郎の来訪を受け、自分が青年学者に扮し書店を訪れんとしていた芦川柳之助であったが、壮三郎が帰った後、

「わたくしが参りましょう」

と、千秋に迫られた。

「これ、壮三郎との話を立ち聞きしたのか」

困った奴だと柳之助は窘《たしな》めたが、

「いえ、座って聞いておりました」

と、千秋は涼しい顔で応える。

「千秋も、旦那様の〝心強い味方〟になりとうございますから」

「うッ……」

柳之助は言葉に詰まった。

顔は笑っているが、千秋の目には有無を言わさぬ強妻の迫力があった。

「盗み聞きをした上に、勝手な真似をするのはどういう料簡《りようけん》だ」

と、叱りつけたかったが、おふみの話を自宅でするべきではなかった。

身に寸分のやましさもないが、千秋にしてみれば柳之助の〝心強い味方〟は、自分の他にいてはならないという自負があるのだろう。

ましてそれが女となれば尚《なお》さらなのに違いない。

とどのつまり、柳之助は叱ることも出来ず、

「うむ、そんなら頼むとするか。おれにとって、千秋ほど心強い味方はおらぬからな」

こんな言葉を発していたのだ。

そして今日の千秋の出役となったわけだが、〝将軍家影武芸指南役〟である父に仕込まれた千秋の変装は、既に武家に嫁いでいるだけに、完璧といってよい。

色んな意味からして、ここは柳之助が出張るより、ふくよかでますます成熟した色

香を身につけ始めた千秋の方が、よいのかもしれぬと考えたのである。

お花は、ただにこやかに畏まってみせて、千秋を送り出した。

「お気をつけて……」

などという言葉は、千秋に対してはむしろ無礼なのだ。

話によると本橋道四郎は、書店をほとんど一人で切り盛りしていて、閉まっていることも多いという。

本橋の顔を見るまで通うつもりでいたが、幸い書店は開いていた。

漢籍が辺りに乱雑に積んであった。

千秋が書棚を物色すると、女の客が珍しいのか、店の奥からこちらを凝視する強い気配を覚えた。

ちらりと見れば、三十過ぎのむくつけき武士が、千秋を見ていた。

これが、本橋道四郎であろう。

確かに、書店の主というよりも、剣術道場の主という風情である。

「お訊ねしますが……」

千秋は、きらりとした目を向けて、

「主殿でございますか？」

「いかにも」

応える表情はきょとんとしていた。

千秋はまだ二十歳《はたち》にもならぬ若妻で、このようなふくよかで瑞々《みずみず》しい武家の婦人に声をかけられたことはこれまでなかったのであろう。

「こちらに、〝石頭記《せきとうき》〟は、置いてありますか？」

千秋は、学問の方もそれなりに教育を受けている。漢籍の中でも白話《はくわ》小説という、馴染みやすく読みやすい書籍の在庫を問い合わせてみた。

「〝石頭記〟？」

「はい。作者は曹雪芹《そうせつきん》であったかと」

「なるほど……」

「〝石頭記〟というより、〝紅楼夢《こうろうむ》〟と申し上げた方が、よろしゅうございましたか？」

「左様でござるな。曹雪芹……の、紅……楼……夢……。置いてあったはずでござるが……」

本橋は探し始めたが、

――この主は、書の名も、作者の名も知らない。

千秋にはそう思えた。

本橋が探すふりをしている間、千秋は注意深く店の中を見渡した。

とにかく本を置いておけば書店らしく見えると思っているのかもしれないが、壁に架けている書画もなく、本橋道四郎からは、まるで教養を感じられなかった。

「いや、生憎今は切らしているようでござる」

本橋はひとまずそのように言って、その場を取り繕ったが、千秋には興味津々という態度を見せている。

「左様でしたか、それは残念にございます」

千秋はひとまず退散と、小腰を打った。

「学問を修めておいでかな？」

本橋はすかさず声をかけてきた。

「はい。手習い師匠を務めております」

「講義など、出教授をされませぬかな」

「ほほほ、それほどの学識はござりませぬ。そのような出教授の口がございますか？」

「貴女《あなた》のように、物腰が柔かく、品のある先生なら、招いて教授を賜りたいという町の学問好きが、いくらでもおりましょう」

「これはお買い被《かぶ》りで……」

「いや、買い被りではござらぬ。不躾《ぶしつけ》ではござるが、学問になら金を惜しまぬという方々が町には溢れておりますゆえ、よい実入りになりましょうぞ」

「左様で……」

「気が向けば、いつでもお訪ねくだされい。わたしが口を利きましょう」

「わかりました。気が向きますれば……」

千秋は適当に話を合わせて、そそくさと書店を立ち去った。

「いかがでしたか？」

千秋を迎えて、お花が囁《ささや》くように言ったが、

「まったく、どうしようもない男ですよ」

千秋は吐き捨てるように応えると、足早に池之端の掛茶屋へと向かった。

すぐに長床几に腰をかけて茶を頼むと、背中合わせに腰をかけている町の男が、

「おかしな野郎だったようだね」

と、背中越しに声をかけてきた。

万屋竜三郎に扮した芦川柳之助であった。

「〝紅楼夢〟も曹雪芹も知らぬ主殿でございました」

「ふふふ、そいつはひでえや」

「わたしをいやらしい目で見て、町の学問好きに出教授をして、お金を稼がないか……、などと……」

「とんでもねえ、くわせ者ってわけかい」

「はい」

「よし、ご苦労だったな。詳しい話は帰ってから聞くが、それだけわかれば上々だよ」

「ならばようございました」

千秋の顔に少しずつ朱がさしてきた。

女として侮られ、町の学問好きを称する好き者の相手をしてはどうかと持ちかけられた不快さは、今も千秋の胸の内で怒りの炎を灯《とも》している。

柳之助からの労《ねぎら》いは、それらをすっかりと洗い流してくれた心地がする。

「やはりおれの〝心強い味方〟は、かみさんだなあ……」

柳之助もその辺りはよく心得ている。

背中越しにそんな言葉を残して、茶店から立ち去ったのである。

――今立ち去った涼しげな町のお人は、実は八丁堀の旦那で、わたしの夫なのですよ!

叫び出したい想いを堪えるのもまた、二人で秘事を共にしている喜びと相俟《あいま》って、彼女を浮き浮きとさせていたのである。

（九）

ひとまず強妻の不興からは脱した。

柳之助は千秋と別れると、さっそく本橋道四郎の書店を覗き見た。

この怪しげな書店主の顔を覚えておくためだ。

千秋に行かせたのはよかった。

書棚の本を眺めながら奥へ目をやると、町の男が漢籍などわかるのかと言わんばかりの目を向けてくる、いけすかぬ武士がいた。

——こ奴が、本橋道四郎か。

いくら学者風に装って店を訪ねても、美しい千秋ほどには、この男の人となりには触れられなかったであろう。

千秋に対して、つい声をかけたくなった本橋は、女の斡旋をするのが本業で、うっかりと本性をさらけ出したのかもしれない。

——面ァ覚えたぜ。

長居は無用だと、柳之助はすぐに立ち去ったのである。

彼はそのまま、永代橋へと足を延ばし、橋を渡って深川佐賀町へと出て、汁粉屋〝ふみ〟に入った。

先日は老婆二人が客としてきていただけだったが、この日は三人ばかり町の小娘が汁粉を啜りながら、おふみに遠慮のない言葉をかけていた。

「あんた達はまったくなっちゃいないねえ。そんなことじゃあ、お先まっ暗だよ」

おふみはそれを叱りつけるのだが、

「わかっていますよう」

小娘達は、叱られるのが楽しくて仕方がないという様子である。

こましゃくれた跳ねっ返りは、家では親に諦められているのだろう。

叱ってくれる者に飢えているのに違いない。

おふみは柳之助の姿を認めると、満面に笑みを浮かべて、

「これは万屋の兄《あに》さん。また、お茶をおごりにきてくれたんですか?」

悪戯《いたずら》っぽく笑った。

「そんなところだが、店を休ませちゃあすまねえなあ」

小娘達の手前、頭を掻く柳之助に、

「好いんですよう。店はこの子達が見てくれますから」

おふみは歯切れの好い物言いで応えた。

「何だいお姉さん、あたし達に店を任せて、好い人とお出かけかい？」

小娘の一人がからかうように言った。

「そんなところさ。あんた達に働く喜びを教えてあげたくてさ」

おふみはさらりと切り返すと、

「頼んだよ！」

と柳之助を促し、先日の掛茶屋へ向かった。

「恰好つけていますがね、皆、やさしい好い娘なんですよ」

おふみは少しはにかんで、小娘達への気遣いを見せた。

「おれが捜している三人も、もっと姉さんに甘えていれば、消えちまうこともなかったただろうによう」

柳之助は心からそう思っていた。

「あたしも、もう少しかまってあげればよかったと、それが心残りでねえ」

おふみは、仕方がないと諦めていた三人の娘を捜しているという万屋に出会い、これに合力することで、心残りを晴らさんとしている風に見えた。

柳之助はその姿に心打たれるものを覚えていた。

「で、姉さん、何か思い出してくれたかい？」

「ひとつ思い出しましたよ」

「そいつはありがてえや」

「そういえばあの三人が、おかしな話をしているのを聞いたことがあったのですよ」

おえい、おきぬ、おくまは、先ほど見かけた小娘三人組のように、おふみ目当てで汁粉屋へ通ううちに親しくなっていたらしい。

おふみはそれぞれの相談をよく聞いてやったし、時には叱りつけたりもしたが、

「あたしは親でも姉妹でもないんだからね……」

と、突き放していた。

世間知らずの娘が、ほんの一時、大人に抗《あらが》って悪ぶったとしても、それはそれで生きていく上での肥やしとなり、よい思い出となるものだ。

押さえつけてばかりが大人の役目ではないとおふみは思っている。

自分自身が大人に成り切れていないおふみは、その時も娘達が喋っているのを聞き流していたのだが、

「何だい？　ろくに字も読めないってえのに、そんなところへ何しに行くんだい？」

「馬鹿だねえ、学問をしに行くんじゃあないよ。ほんの小遣い稼ぎさ」

「そいつは好いねえ」

という会話であった。

その時は何も思わなかったし、構いもしなかった。

娘達もすぐに口を噤《つぐ》んだので、あえて聞かなかったのだ。

しかし、それ以降三人が店で顔を合わせて賑やかに話すことはなくなったような気がする。

そしていつしか三人共、足が遠のいていった。

「あたしのところに来なくなるってことは、少しは分別もついて、親の助けに身を入れるようになったんだと、それはそれでよかったと喜んでいたんですがねえ……」

「風の便りで、三人共〝神隠し〟に遭ったと知ったのかい？」

「そんなところですよ。何か心当りはないかと、娘のことをあたしに訊ねに来た者は一人もいませんでしたがね」

「こっちからどうこう言う謂《いわ》れもねえやな」

「ええ。どこに住んでいるかも知らなかったから、訪ねようもありませんしね」

「だが、その小遣い稼ぎ、というのが気にかかるな」

柳之助は、娘達が本橋道四郎の書店に出入りしていたのではなかったかと、本橋への疑念がますます強まっていった。

しかし、本橋の話を出したところで、おふみの心を悩ませるだけであろうと、それについては何も言わなかった。

おふみは勝気で男勝りな女として知られている。自ら書店に乗り込む恐れもあるからだ。

とはいえ、万屋と名乗るからには、多少は事情を捉えているところを見せておかねば怪しまれる。

「噂じゃあ、物持ちのおやじが、素人くせえ娘を酒の席に呼んで、いかがわしいことをさせるのが、ちょっとした流行《はや》りになっていたようなんだ」

その事実だけはさりげなく話した。

「そんなら小娘達は騙されてそこへ連れて行かれて、そのままどこかへ連れ去られたってことも考えられますねえ」

「おれもそれが気になるのさ」

「許せない奴らだ……」

おふみは、こましゃくれた娘達に手を差し伸べてやろうという侠気を持って生きてきただけに、怒りが募るらしい。

「おれが小耳に挟んだところでは、そういうけしからぬおやじが二人殺されたそうだ。それで、そこから娘達のことも浮かんできたのさ」

「死んじまったのなら罰が当ったのだろうけど、そんなふざけた物持ちのお蔭《かげ》で、娘達がひどい目に遭っていたとしたら堪らないねえ」

おふみは眉をひそめた。

どうせよからぬ男と引っ付いて消えてしまったのだろう。そのように世間はすませてしまうだけに浮かばれないと、おふみは大いに憤った。

彼女の怒りは、八丁堀同心としての柳之助の怒りと同じものであった。

その姿を、柳之助は美しいと思った。

「今聞かせてもらった話を懐に抱いて、きっと娘達を捜しあててみせるぜ」

柳之助は力強く告げた。

「あたしからも頼みますよ」

おふみの怒りの炎は、柳之助の真心で一旦消えたようだ。

「任せてくんなよ。この人捜しは商売抜きでかかるつもりさ」

「万屋の兄《あに》さんはおかしな人だねえ」

おふみは、柳之助の顔を見つめて、ふっと笑った。

「おかしいかい？」

「万屋なんてものは、ちょいとやくざな商売なのに、お前さんにはそういう嫌な匂いがしないから」

「そいつは誉《ほ》めてるのかい」

「もちろん……」

「そんなら素直に喜ぶよ。手間ァかけた礼をしねえとな」

「礼などいりませんよ。何かわかったことがあったら教えておくんなさい」

「わかったよ」

「また店を覗いてくださいな」

「きっと覗きに行くよ」

おふみは柳之助の言葉に嬉《うれ》しそうに頷くと、掛茶屋の長床几から立ち上がって、店へと戻っていった。

「うむ、〝心強い味方〟だな……」

自然と笑みが浮かんでくる。柳之助は、不思議な心地がした。

「おかしな人……か」

そんな風に思われるのは隠密廻り同心としては不覚であろうが、おふみにそう思われたことが素直に嬉しく思えたのだ。

「誉めてくれたらしい」

柳之助は、にっこりと笑って、掛茶屋を跡にした。

そうして下谷広小路を道行くと、傍らに小間物屋があるのに気付き、吸い寄せられるように中へと入った。

ところがこの姿を、人に見られているとはまったく気付いていなかった。

おふみとのやり取りが楽しくて浮かれていたゆえか。

そうだとすれば、これは相当な不覚である。

柳之助の様子をそっと窺い見ていたのは、

「何かあれば、お世話をしてさしあげておくれ」

と、千秋からの密命を受けたお花であったのだ。

これは手強い——。

（十）

「お花、どうも顔色が悪いようですが、何かあったのですか？」

八丁堀の組屋敷に戻った千秋は、お花を待ち受けていた。

お花は、主の芦川柳之助が、小間物屋を出て、南町奉行所へ一旦戻ったのを見はからってから八丁堀へと戻ったのだが、いきなりこう言われて固まってしまった。

千秋に負けぬほどに、武芸を身につけていて、千秋よりも世慣れているお花であるが、それでもまだ十六歳である。人情の機微にはさほど触れていない。

うっかりとして状況を見誤まり、早合点するところがある。

この日は千秋の命で、そっと柳之助につき従い、何かの折には役に立つつもりであったのだが、

「見てはならないものを見てしまった……」

柳之助がおふみと二人でいるところに遭遇した時、彼女は当惑してしまった。

おふみは、明らかに柳之助に好意を寄せているように見えたのだ。

女については唐変木な柳之助は、おふみの想いに気付かぬままに終ってしまうのだ

ろうと思ったが、次第に柳之助がおふみを見る表情にも色艶が出てきたような気がしてきた。

「まさか」

とは思ったが、今日の柳之助は何やら浮かれている。

「おかしな人」

と言われて喜んで、

「礼をしねえとなあ」

などと言って、おふみと再会を約し、小間物屋へ入って、玉の簪《かんざし》を物色し始めたではないか。

おふみは礼など要らないから、

「また店を覗いてくださいな」

などと言っていたが、柳之助は次に汁粉屋を訪ねる折に、その玉簪《ぎよくしん》を渡すつもりなのであろうか。

しかも、やけに簪選びに気が入っていた。

――いけない！　これは燃え上がってしまう！

お花はそのように思ったのだ。

よけいなことを言えば、夫婦仲に波風をたたせることになる。

しかし、千秋への忠義一筋のお花にとっては、由々しき問題でもあった。

言おうか言うまいか――。

お花の心は千々に乱れ、たちまち千秋に異変を見破られたというわけだ。

「見たことを隠そうというなら、ただではおきませんよ」

千秋はお花を台所に連れ込み、静かに言った。

「申し上げます……」

お花も黙っているのが辛くて、柳之助の一通りの行動を報せたものだ。

ただ、自分が見た印象は話に組み込まず、事実だけを淡々と伝えるに止めた。

「そうですか。ご苦労様でした」

一通り話を聞き終ると、千秋はお花を笑顔で労った。

芦川柳之助の妻が、これしきのことで取り乱してはいけない。

千秋の胸の内は、妻としての矜持《きょうじ》で何ごともなかったかのように落ち着いていた。

しかし、心の内では柳之助が、おふみなる〝心強い味方〟に執心しているのではないかと、まったく落ち着かなかった。

おふみについて問えば、出しゃばってそっとお花をつけさせていたことが明らかとなる。
それがわかれば、誠実な柳之助を妻が疑っていたことになる。
夫が仕事に際して、人に物を贈ったりする必要に迫られたとて何もおかしくないし、
それを妻がどうこういえる話ではなかった。
――聞かねばよかった。
見ぬこと潔し。
その想いを恋情は平気で忘れさせてしまう。
平然と振舞えば、心の内も軽くなるはずだ。
千秋は自分自身に言い聞かせて、
――どうしてお花に見張らせたのでしょう。
と、出しゃばったことを恥じた。
それでも事実を知ればおもしろくない。
帰宅した柳之助を何と言って迎えよう。
恨みごとのひとつも口をつくのではなかろうか。
ああ、何ということであろう。
嫉妬に苦しみつつ、そこに情の深さを確かめて、どこか恋の喜びに浸っている――。

千秋は泣きたいような、笑いとばしてしまいたいような、そんな気持ちでいるうちに、やがて帰宅した柳之助を迎えた。

「お帰りなさいまし……」

何も言うな。くだらぬことを問うな。

必死で気持ちを抑えていると、

「千秋、今日はよく務めてくれたな。お前にこいつを買ってきたよ」

と、柳之助は玉簪を差し出した。

それは銀の玉簪で、玉には月見灯籠《どうろう》が描かれてある。きっと千秋の名に因んで、秋らしい絵柄を選んだのであろう。

「これをわたしに……」

「お前でなくて誰に買うんだ」

きょとんとする柳之助を前にして、千秋は笑顔を取り繕い、

「さ、左様でございましたね。嬉しゅうございます」

と応えたが、その声はたちまち涙で詰まってしまった。

「おいおい、泣くほどのことでもあるまい」

柳之助は困ってしまった。

喜んでくれるのはありがたいが、

「それほど上等なものじゃあないよ。恥ずかしくなるじゃあないか」

と、彼もまた泣けてくる。

「いえ、涙が出るほど嬉しゅうございます。ほんにわたしとしたことが……」

美しき夫婦の姿を窺い見ながら、ほっと胸を撫《な》でおろすお花を尻目に、千秋は玉簪を手に、しばし泣いたり笑ったりを繰り返すのであった。

第三章　疑惑

（一）

「誰の物でもありませんでした……」

芦川《あしかわ》家の小者《こもの》の三平《さんぺい》は、櫛《くし》、簪《かんざし》、笄《こうがい》を前にして、嘆息した。

「そうか、まあ、それはそれでよかったのかもしれねえな」

主《あるじ》の柳《りゅう》之《の》助《すけ》はひとつ頷《うなず》くと、

「ご苦労だった。三平も、すっかりと貫禄《かんろく》が出てきたねえ」

くだけた物言いで労《ねぎら》った。

櫛、簪、笄は、殺された金貸しの彦右衛門《ひこえもん》が、寮番の老人に預けていた木箱に入っていたものだ。

そのうちのひとつが、大川橋から身を投げたおいとの物だとわかった。

私物を質に取り、いかがわしい内職をしていたことを世間に言い触らすと脅され、彦右衛門の慰み者にされた。

それを苦にして、おいとは身投げをしたと断定されたのだが、その他の櫛、簪などは誰の物だったのか。

娘の出奔を訴え出た者達に、三平が指図して、御用聞きを使って当っていたのだが、その結果、行方知れずになった娘達の物ではないと知れたのだ。

彦右衛門に取り入り、女の世話をしていたと思われる仁助《にすけ》もまた、何者かに殺されているのが見つかった。

仁助の死によって、おいと以外の物は誰の持ち物であったか、ますますわからなくなってきたのだが、

「彦右衛門は、素人の娘を好んだというが、中には素人を装った玄人女もいたようだな」

柳之助と、定町廻《じょうまちまわ》り同心・外山壮三郎《とやまそうざぶろう》の推測は一致していた。

そういう女達は、

「櫛、簪を置いていってもらうぜ」

と、脅され、泣く泣くそれに従う清純な娘を巧みに演じたのに違いない。

それゆえ、おえい、おきぬ、おくまといった娘の物でなかったのは、探索としては残念であるが、ほっとするところでもあると、柳之助は考えていた。

「だが、どうも落ち着かねえや」

今は、〝神隠し〟にあった娘を地道に当っているが、この一件が次々と起こっている殺人と、どのように関わっているのかが、なかなかはっきりと見えてこないのだ。

彦右衛門、北村東悦《きたむらとうえつ》、仁助……。

殺された三人は、過ぎた色好みで繋《つな》がっている。あくどい稼ぎをして、その金で分別もなく女達を漁《あさ》る者へ制裁を加え、その富を奪う――。

こうなると、殺人者にははっきりとした意思があるように思えてくる。

死んだ三人を恨んでいた者はそれなりにいたであろう。

だが表立って取り調べると、東悦絡みのうるさい連中が騒ぎ立てるかもしれない。

今は、密《ひそ》かにひとつずつ調べあげていくしか道はなかろう。

それが何とも、もどかしい。

「さて、まず役所へ行くか」

焦ってもことは前に進まないのだ。

「畏《かしこ》まりました」

柳之助は同心の姿で出仕して、そこから変装をして、気になるところに見廻りを続ける。

三平は、変装のための着替えなどを御用箱に詰め、これを風呂敷に包んで背負った。

「お出ましになられますか」

そこへ、千秋《ちあき》が見送りにやって来た。

何やら言いたげな様子で、肉置《ししお》き豊かな体を持て余すようにしている。

「どうかしたか？」

柳之助が小首を傾《かし》げると、

「おわかりになりませんか？」

千秋は少し詰《なじ》るように言う。

「はて……」

「殿御というものは、どうしてこういうところに目がいかぬのでございましょうねえ」

千秋は髪を指さした。

「ああ、そうか。さっそくつけたか」

柳之助が昨日千秋にあげた、銀の玉簪《ぎよくしん》が、千秋の髪に光っていた。

「はい。飾らせていただきました」

千秋はにっこりとして柳之助を見ると、

「寮にあったという、その櫛、簪、笄ですが、もう一度、誰かに見てもらった方がよいのではありませんか?」

と、問うた。

「そうかもしれんな……」

柳之助は腕組みをした。

親や身内の者が買ってやったのなら覚えてもいようが、娘達が親に内緒で買っていたり、誰かからもらった物を、そっと身につけていたとすれば、その品を見たとてはっきりと、

「うちの娘の物に間違いございません」

そうは言えぬであろう。

ましてや、疎んでいた娘の物となれば、尚《なお》さら記憶が曖昧になるはずだ。

何よりも、千秋のために選んで買ってきた簪を目の前にしながら、それに気付かなかったというのは決まりが悪かった。

「おれでさえこうなのだ。同心として恥ずかしい。千秋の言うことを聞くとしよう」

柳之助は、内助の功に感謝しつつ、件《くだん》の櫛、簪、笄を三平に持たせて勇躍《ゆうやく》出仕したのである。

「行ってらっしゃいませ……」

千秋はしてやったりと見送ったが、

——またよけいなことを言ったかも。

すぐに胸が締めつけられた。

柳之助はきっと、あの櫛、簪、笄を手に、汁粉屋に行くのであろう。

おふみは身内よりも、よほど〝跳ねっ返り〟の娘達をしっかり見ているはずだ。

身内が見落している物を、言い当てるかもしれない。

そういう意味では〝よけいなこと〟ではない。夫の役に立ったのだから、誇りに思わねばなるまい。

しかし、いくら仕事とはいえ、おふみに会いに行くきっかけを与えたのは、少しばかり癪《しゃく》ではないか。

「どうもすっきりしない……」

組屋敷で主人の帰りを待つ暮らしが退屈でしかたなかった。

「何とか外に出られぬものか」

千秋は身を持て余して、またももだえ苦しむのであった。

（二）

千秋の予想通り、万屋《よろず》竜三郎《りゅうざぶろう》に身をやつした芦川柳之助は、件の小物を懐《ふところ》に入れ、深川佐賀町の汁粉屋〝ふみ〟に、おふみを訪ねた。

「おや、竜《りゅう》さん、来てくれたんですか？」

おふみは柳之助を見ると、ぽっと頰を朱に染めた。

「万屋の兄《あに》さん」

が、今日は〝竜さん〟に呼び方が変わっている。

そして、いつものように、店ではしゃいでいる小娘達に店番をさせると、近くの掛茶屋へ柳之助を誘った。

この前、小娘達は冷やかすような目でおふみを見送ったが、今日は〝ごゆっくり〟

という、落ち着いた風情を見せていた。

すっかりとおふみの〝好《い》い人〟と認識されているようだが、柳之助は意に介さず、

——おふみは、気を許してくれている。

と捉えていた。

それと同時に、おふみに万屋などと言って近付き、情報を聞き出していることに、罪悪感さえ抱いていた。

そういう意味では、仕事で近付いた女に入れ込む恐れのない柳之助であるが、それがかえって相手の気を引くかもしれぬということには気が回らないのだ。

「考えてみたら、いつもお茶を飲んでばかりですねえ。どこかで一杯やりますか？」

おふみは、そのような気持ちになっていたが、

「ああ、いや、今日はあれからの動きを伝えたくて来ただけだから、茶を飲んでさっと帰るよ」

と、こういうところは素っ気ない。

「そうですか……」

おふみは寂しそうな表情を浮かべたが、柳之助はそれに構わず、

「おえい、おきぬ、おくまの三人が、おかしな話をしていたって話は、どこに小遣い

稼ぎに行くつもりだったか、今調べているからそのうちわかると思うぜ」

と、まず伝えて、

「それで、こいつは知り合いの御用聞きの親分から内緒で預かってきたんだが、こんなものを隠し持っていた好き物の野郎がいたらしい。見覚えはないかい」

いよいよ件の櫛、簪、笄を見せた。

「そいつは大したもんだねえ」

おふみは、御用聞きからこれらを借り受けてきたことに感心し、しばらく眺めていたが、

「これがあの娘達の物かどうかは、わかりませんねえ……」

と、溜息《ためいき》をついた。

「そうかい。そいつは残念だが、姉さんがかわいがっていた娘達の物でなくて幸いだ」

柳之助は、三平に言ったのと同じ言葉を告げて、

「少し様子が見えてきたから、また調べてわかったことを伝えにくるよ」

と、言い置いておふみと別れた。

別れ際に、おふみは柳之助に縋《すが》りつくような目を向けたが、そういう感情を受け容《い》

れられない鈍さが柳之助の強みであるとも言えよう。

ただ無邪気に再会を約して立ち去ったのである。

このところ、柳之助のよき相棒といえる外山壮三郎が、新たな動きを見せていたので、まず奉行所へ行きたかった。

壮三郎は、北村東悦の身の周りの雑用をこなしていた、奉公人の茂助《もすけ》をそっと見張っていた。

南町奉行・筒井和泉守《つついいずみのかみ》から、東悦についての調べは慎重に執り行うようにとの通達があったゆえ、本当のところは東悦の事情をもっと知っているはずの茂助に対して厳しい取り調べができなかった。

とはいえ、茂助から目を放したわけではなかった。

茂助は、東悦の弟子達と共に本郷三丁目の東悦の仕事場に留《とど》まり、強盗に遭って尚残されている骨董品《こっとうひん》の処分を、東悦の息子・幸之助《こうのすけ》と諮《はか》って進めていた。

となれば、東悦の闇の部分の後始末にも動くかもしれない。

そっと手の者に見張らせていると、遂《つい》に当りがきたという。

奉行所の同心詰所に再び入ると、

「柳之助、やはり茂助は隠しごとをしていたぞ」

と、壮三郎は言う。

「誰かと、人目を忍んで会っていたか？」

「ああ、誰だと思う？　漢籍を売っている本橋道四郎《もとはしみちしろう》だよ」

「そうか、やはり奴《やつ》は北村東悦に関わっていたのだな」

「間違いない。表茅場町《おもてかやばちょう》の大番屋へ呼び出してあるから、おぬしも来ればよい」

「よし。そんなら端にいて、そっと様子を見るとしよう」

柳之助は、件の櫛、簪、笄が、〝神隠し〟の娘達の物ではなく、いささか拍子抜けをしていただけに胸が躍った。

大番屋は、江戸に数か所ある。

各町にある自身番より規模が大きく、中には棒や刺又《さすまた》などの物々しい武具が置かれてあり、留置場も設《しつら》えてある。

ここへ呼び出されて取り調べを受けることになれば、大抵の者は恐れ戦《おのの》く。

茂助とて北村東悦の名誉を守るのが保身にも繋がるので、あえてよけいなことは口にしなかったのだが、ここへきて難題が降りかかってきたと見える。

それで気弱になってきたところに、ここまでは深く問い詰められることがなかった奉行所から、厳しい呼び出しを受けたのである。

「本橋道四郎と会っていたようだが、いってえ何を話していたんだ?」

詰問されると、たがが外れたようになって、

「この上は何もかも申し上げますゆえ、どうぞお許しくださいませ……」

と、お上の温情を願い、本橋道四郎との関わりを残らず告げたのだ。

「奴は、北村先生に女の世話をしていたんだな」

壮三郎が問うと、

「はい、左様でございます」

東悦亡き後、まだ未払いになっている、女達の花代を請求されたのだという。

「つまり本橋道四郎は、〝隠し売女《ばいた》〟を仕切っていたのだな」

「そういうことになりましょうか……」

「よし、この先も何か変わったことがあれば教えてくれ。おぬしには罪がないのだ。案ずるなよ」

仁王《におう》のような壮三郎にやさしい言葉をかけられると、茂助はほっと息をついてその場にへなへなと平伏したのである。

（三）

〝隠し売女〟は私娼《ししょう》のことである。

江戸における遊女屋は、官許の吉原《よしわら》のみに認められている。

とはいえ、広い江戸には方々に遊里があり、いちいち取締まってはいられない。

それゆえ黙認されているところが多いのだが、法令違反ではあるゆえ、本橋道四郎をしょっ引くことが出来る。

茂助に渡された花代の証文は、明らかに〝隠し売女〟に絡んでいたと言えよう。

外山壮三郎は、いよいよ本橋の身柄を拘束せんと、上野山下の書店に手の者を配し、店の様子を窺《うかが》ってみた。十一月十二日のことであった。

手先の報《しら》せを、書店から少し離れた自身番で待つ外山壮三郎であったが、この日、本橋の姿はなかった。昨夜から出かけているらしい。

「それならば、帰ってきたところを押さえよう……」

壮三郎はその時を待った。

芦川柳之助は、町の行商に姿を変えて、遠巻きに様子を窺った。

隠密廻りは表向き捕縛には加わらないが、壮三郎が捕え易《やす》いように陰で手伝うつもりであった。

やがて壮三郎の周りが騒がしくなった。

本橋道四郎が戻ってきたというのだ。

「よし、中へ入るところを囲んでしょっ引くぞ」

壮三郎の下知《げち》で、捕手はそれぞれ位置についた。

書店の木戸の錠を開けたら、それを合図に本橋を中へ押し込み、そのまま捕手が中へ傾《なだ》れ込み、身柄を確保するのだ。

各自物陰に隠れて、壮三郎が細い小路に入ってくるのを待ち構えたのだが、本橋は、それなりに修羅場を潜《くぐ》ってきたと見えて、何かを察したらしく、辻《つじ》の角でふと立ち止まった。

そして、さりげなく路地に置かれていた棒切れを手にすると、脱兎《だっと》のごとく走り出したのである。

「追え！」

意外な身のこなしの鋭さに、壮三郎は慌てて捕手に号令をかけたが、

「何をする！」

本橋は追いすがる捕手二人を、手練の術で叩《たた》き伏せ、不忍池《しのばずのいけ》の辺へと駆け出した。

漢籍を扱う書店の主というより、町道場を開いている剣客に見える本橋であったが、正しく学問は知らずとも、腕に覚えはあるらしい。

まず人混みに紛れ、そこから上野山に逃げ込んで姿を消さんとする逃げ方も、なかなかに当を得たものだ。

しかし、木立の中に逃げ込み、ひとまず追手をまいたと思いきや、そこに先回りしていた伏兵がいたことに、さすがの本橋も気付かなかったのである。

〝ひゅッ！〟

と唸《うな》りをあげた石礫《いしつぶて》が右足に、くるくる回転しながら飛んできた太い木の枝が左足に命中し、本橋をおこつかせた。

それぞれ、千秋とお花《はな》が放ったものであった。

柳之助は、

「あくまでも影となって、外山壮三郎を助けるのだぞ」

と、千秋とお花に念を押し、この出役に二人をそっと連れてきていた。

千秋とお花は、本橋道四郎の面体を知っている。

しかも、千秋は本橋にいかがわしい学問教授を勧められ、

「女をなんと心得ているのでしょう！」

と頭にきていた。

このところはあり余る力を発散出来る場もなく、夫への嫉妬を募らせたりで、どうも気持ちが落ち着かなかったのを、

——これはいかぬ。どこかでひと暴れさせてやらねばな。

と、考えていたところであった。

影となって壮三郎を助ける——。

影武芸を仕込まれた千秋とお花には釈迦《しやか》に説法というものだ。

二人は様子を見るや、本橋の逃走を読んで、こ奴の出足を見事に挫《くじ》いたのだ。

凄腕《すごうで》の女二人に見守られ、行商姿の柳之助は、おこつく本橋の前へ出て、片担ぎにしていた天秤棒《てんびんぼう》を、

「えいッ！」

と突き出して、本橋の腹を打った。

そして堪《たま》らず本橋が倒れたところへ、壮三郎とその配下の捕手が押し寄せ、難なく身柄を確保したのである。

その時には、柳之助、千秋、お花は姿を消していた。

あとは壮三郎に任せておいて、今日のところは組屋敷に戻り、芦川家でささやかな祝宴をあげることになっていたのだ。

（四）

本橋道四郎は、神田佐久間町《かんださくまちょう》の大番屋へ連行されて、取り調べを受けることになった。

それに先立って、本橋の書店を調べると、納戸の行李《こうり》から女物の着物が数点見つかった。

さらに、帖面が鍵付きの戸棚から出てきたのだが、そこには女の名と思《おぼ》しきものが書き連ねられていた。

いずれも漢字で、〝裔《えい》〟〝絹《きぬ》〟〝奠《くま》〟の文字もあった。

これは、おえい、おきぬ、おくまを指すのではないかと思われた。

「おぬしは、町の世間知らずの娘達を、小遣い稼ぎをせぬかと誘い出し、客をとらせていたのではなかったか」

壮三郎は大番屋で、これらの証拠を突きつけて迫ったが、

「さて、何のことやらわたしにはわかりませぬな」

と、本橋は悪びれずに応えた。

「これは皆、仁助が仕組んだことにござる」

仁助が、金に困っている娘達に、酌取り女の口を探してやった。

それで、娘達は世間を憚《はばか》るために、書店の納戸で着替えてから、稼ぎに出ていたのだという。

「人に言われぬ理由で、金を稼がねばならぬ娘も世間にはいる。それゆえ、納戸を貸してくれと言われたのでござる」

自分は仁助の人助けに手を貸してやったに過ぎず、北村東悦の奉公人の茂助に花代を迫ったのは、

「わたしが娘達に金を立て替えてやっていたので、仁助が殺された今、払ってくれと申したまで」

と、言い張るのだ。

娘達が客を取らされたというのは言いがかりである。

北村東悦先生は、酒食を楽しむのに一人では寂しいので、酌取り女を座敷に呼びたいと、本橋に問い合わせてきた。

同じ呼ぶなら色気抜きの若い娘がよい。

自分には娘がいないので、町の娘が何を考え、何を流行《はや》りと捉えているかを、酌をしてもらいながら話せれば楽しかろうと言うのである。

ゆえあって金に困っている娘であれば、それなりの小遣いが渡るようにしてあげよう。

自分は寂しさが紛れるし、市井の流行を知ることが出来る。互いに利があるではないかと持ちかけられたので、

「わたしも、人助けと思って、仁助に任せたのでござる」

東悦との関わりについては、以前から彼の許《もと》に漢籍を届けに出入りしていた。

仁助との関わりについては、町でよたっていた仁助が、無学を恥じて、

「先生、あっしにも何か読める本がありませんかねえ」

と、言ってきたゆえ殊勝に思い、時に店の手伝いなどをさせてきた。

本橋は終始、悪びれずに己《おの》が言い分を語ったのであった。

「よくもぬけぬけとそのような……」

壮三郎は呆《あき》れ返ってしまった。

「己に寸分のやましさもないのなら、何故我らから逃げた」

と、叱りつけると、

「わたしも武士の端くれでござる。身に危険を覚えれば、降りかかる火の粉は払う。それが日頃よりの心得と存ずる。ましてや北村東悦先生が何者かから襲われ、未《いま》だに咎人《とがにん》が捕えられておらぬとなれば、慌てるのも無理からぬことでござろう」

一歩も引かぬ気構えを見せた。

「わたしとて、よかれと思い店の納戸を仁助に貸してやった次第でござる。その後、娘がどうなったかなどは仁助に問わねばわかりませぬ」

そして、あくまでも仁助が勝手に仕組んだことだと強弁を繰り返した。

「黙れ！　どこまでもお上をたばかるか！」

壮三郎は遂に怒りを爆発させると、

「まあよい。これから先は小伝馬町《こでんまちょう》へ送り、じっくりと詮議してやるゆえ覚悟いたせ」

仁助には彦右衛門殺しの疑いもかかっている。

〝隠し売女〟の一件だけではなく、北村東悦殺害の嫌疑も含め、じっくりと取り調べてやると申しつけたのだが、それでも本橋は泰然自若として、

「それはなりますまい。これでもわたしは、書物を方々の御家にお届けする御役を務

めさせていただいております る。わたしを捕えれば、ちと障りが出ましょう」

などと真顔で言った。

「口の減らぬ奴め。おぬしを牢《ろう》へ入れて、いったい誰が困ると言うのだ」

「三雲丹波守《みくもたんばのかみ》様が、黙ってはおられぬかと存ずる」

「三雲丹波守……？　まさか高家《こうけ》の三雲様のことではあるまいな」

「いかにも、その三雲様でござる」

「三雲様と申せば、幕府の儀式、典礼などを司《つかさど》る名家。おぬしごときが、書物の御用を務められるわけがなかろう」

「人は疑い始めると、何もかもが怪しくなるというもの。さりながら、見る人によってはまっとうな書店の主となる……。嘘《うそ》だと思えば、まずお問い合わせ願いたい」

「何だと……」

壮三郎は呆然《ぼうぜん》とした。

本橋道四郎は、どこまでも平然としている。

それは、本当に高家・三雲丹波守の後ろ盾があるからかもしれなかった。

本橋は北村東悦の許に出入りしていたという。

書家として、骨董の目利きとして当代の名士である東悦である。

高家である三雲丹波守と繫がりがあっても、おかしくはない。

そして、三雲家は高家として、幕府の儀式、典礼を司り、朝廷への使節をも務める名族なのだ。

奉行・筒井和泉守は、北村東悦の真相を究明すると、〝うるさい連中〟に繫がる恐れがあるゆえ注意するようにと、古参与力の中島嘉兵衛《なかじまかへえ》を通じて下命していた。

その〝うるさい連中〟の一人が、三雲丹波守なのであろうか——。

「いずれにせよ、すぐに問い合わされるがよかろう。五日後に三雲様の御屋敷に、書物をお届けすることになっているので、わたしが現れねば、騒ぎになりましょうぞ」

本橋は自身たっぷりに言った。

芦川柳之助は、

「本橋道四郎という奴は、曹雪芹《そうせつきん》も〝紅楼夢《こうろうむ》〟も知らねえ無学な男だよ」

と言っていた。

まさかそんな男が、北村東悦、三雲丹波守御用達《ごようたし》の書店の主とは思われぬ。

だが、どこでどう繫がっているか知れたものではない。

「よし、そう言い張るのなら、ひとまず伺いを立ててみようではないか」

と言い置いて、本橋道四郎を大番屋に留置した上で、中島嘉兵衛に申し出て三雲家へ問い合わせた。

すると、すぐに筒井和泉守に、

「本橋道四郎は、確かに当家出入りの者にて、大番屋に留め置かれる筋はない。早々に解き放ってくださるように」

と、強い要請が返ってきたのである。

（五）

本橋道四郎は解き放ちとなった。

まさかと思われた、高家・三雲丹波守の要請は、なかなかに強いものであった。

「あの者は学問の素養は乏しいが、身共も北村東悦殿も、本橋に学問を学ぶつもりもないし、元よりそのような謂《いわ》れもない」

丹波守や東悦の学識についてこられるほどの者がその辺りにいるものではない。

本橋を召したのは、頼んだ書物を確実に手に入れ、納めてくれるゆえであり、また、自分達が疎い市井の流行などに通じているからなのだ。

「それゆえ、本橋がおらねば身共の務めに障りが出ると心得られよ」

と、丹波守は言う。

本橋道四郎の嫌疑については、

「それは皆、仁助なる者の仕業で、本橋は巻き添えを被ったに過ぎぬ」

と、突っぱねた。

「そもそも娘を騙《だま》し、客をとらせ、その上に娘達をどこぞへやったと申すが、無理矢理攫《さら》ったわけでもあるまい」

北村東悦は、窮状にある娘に小遣いを与えていたようだが、娘達はそれによって随分と助かったであろうし、娘達を東悦が手込めにしたというのは、

「下衆《げす》の勘ぐりも甚《はなは》だしいことじゃ」

と、擁護したのである。

奉公人の茂助も、東悦が娘を手込めにしている場に居合わせたわけではなかった。

娘達が消えてしまったのは、東悦が慈悲深く手を差し伸べたというのに、よからぬ料簡《りょうけん》を起こして、いずれかに出奔したに過ぎず、

「あれもこれも、本橋道四郎に罪を着せ、騒動を終息させんとするのは不届きこの上ないと存ずる」

それは、北村東悦ほどの才人の栄誉を傷付けるに等しく、東悦と親交のあった我ら

を貶《おとし》めるものであると憤った。

金貸しの彦右衛門なる者の死と、北村東悦の死を同等に扱うのは忌々《いまいま》しきことで、

「奉行所はまず、東悦殿を殺害し、金品を強奪した賊を捕まえるべきでござろう」

と、手厳しかった。

怪しきゆえに牢へ留め置き詮議せねばならぬのだが、このように圧力がかかると、奉行所としては解き放つしかなかったのだ。

すべての罪を仁助に被《かぶ》せておけば、奉行所としての面目は立つ。

確かに、娘達が客を取らされていたかどうかは定かでない。

彦右衛門の場合は、おいとのような身投げをする娘まで現れたゆえ、罪に問えるが、今のところ彦右衛門は仁助によって殺害されたとされている。

奉行所はこの先、彦右衛門殺しについては、身から出た錆《さび》と処理してしまい、この先は仁助を殺したのは何者か、そして東悦襲撃の真相を探っていればよいのかもしれない。

「だがどうもやり切れぬ……」

捜査の対象が、殺害の一件に絞られ、消えていった娘達を、ただの不良娘達の出奔と片付けてしまってよいものだろうか。

外山壮三郎から、本橋道四郎が解き放ちとなったと聞かされ、芦川柳之助は悔しくてならなかった。

本橋捕縛に際しては、石礫と木の枝の投擲《とうてき》によって、大いに溜飲《りゅういん》を下げた千秋とお花も柳之助の失意が悲しかった。

おえい、おきぬ、おくまの失踪には、本橋道四郎が絡んでいるのは間違いないはずなのに、結局これまで通りに、

「似合いの男と手に手をとって、今ではそれなりによろしくやっているのではないか……」

で、すませてしまえというのは、役人として情けない限りであろう。

何ゆえ三雲丹波守がこれほどまでに本橋道四郎を庇《かば》い立てするのか、それもまた疑問であった。

無学な書店主ではあるが、注文した本はきっちりと届ける。

それが便利であるから、本橋を出入りさせていると丹波守は言っている。

だが、本橋でなくても書物の納品など容易に出来るはずではないか。

特別に、本橋の書店にしか出回らない書籍などあるのだろうか。

いや、書物だけではなく、本橋が知っている市井での物の流行を、聞くのが楽しみ

だとしても、高家ほどの身分ある者ならば、御伽衆《おとぎしゅう》はもっと身許のしっかりとした者から選べば良いではないか――。

――となれば、考えられる理由はひとつだ。

三雲丹波守もまた、素人娘をどこかに呼んで、北村東悦同様に乱痴気騒ぎをしていたのではあるまいか。

金貸しの彦右衛門から北村東悦へ、東悦から丹波守へ――。

好き者同士が繋がり、女の世話を本橋にさせていたとすれば、本橋が取り調べを受けると、累が自分に及ぶかもしれない。そうなれば困るというのが本音ではないか。

柳之助はそのように思えてならない。

口には出さねど、奉行・筒井和泉守も同じことを考えているはずだ。

乱痴気騒ぎの最中に、たとえば娘が何かの拍子に死んでしまった――。

そのようなことが起こっていたとしたら、高家の名誉のためにも、何としても隠し通さねばならないのであろう。

となれば、高家・三雲家は全力をもって、不祥事を潰しにかかるであろう。

彦右衛門と東悦は何者かに襲われて命を落とした。

次は自分の番かもしれないと、三雲家は、さぞ落ち着かぬ日々を送っていることであろう。

しかし、今の千秋はそこまで考えが及ばない。

「ひとまず、汁粉屋のおふみさんに報せに行かれるのですか？」

千秋は柳之助に問うた。

「ああ、きっと捜しあててみせると言った手前、今の成り行きは伝えておかねばな」

「左様でございますか……」

千秋は柳之助がおふみに懸想するとは思っていないが、恐ろしいのは柳之助のやさしさと純真さであった。

おふみの方が柳之助に熱を上げ続け、柳之助がそれを哀れに思って放っておけなくなる――。

そういう先行きが見えてくるのだ。

柳之助は、千秋の本意が読めぬものの、おふみとの仲を疑われているのではないかと、思ってはいた。

――かくなる上は、はっきりさせておこうではないか。

そこは生真面目な柳之助である。

「千秋、お前はおれがおふみに気があるのではないかと思っているのかもしれんが、そいつはとんだ考え違いだよ」

と、言い放った。

「いえ、まさかそのようなことは……」

こうこられると千秋も気圧《けお》されて、言葉を濁すしかない。

「おふみというのは、確かに好い女だ。だがそれは、人助けに精を出す気立てのよさと、男のようにさっぱりとした風情がよいだけのことだよ。おれは、千秋のような大らかで、ふっくらとした女が何よりの好みなんだ。他の女に心が動くはずがない」

柳之助は千秋とこんな話をするうちに、三雲家の横槍《よこやり》についての屈託が薄れてきた。

千秋は顔を真っ赤に染めて、

「嬉《うれ》しゅうございます……」

と、身を縮ませた。

泣く子も黙る八丁堀の同心が、よくもこんな甘ったるい言葉を口に出来るものだと思いつつ、

――そういう旦那様を、わたしはお慕いしているのです！

歯の浮くような言葉も柳之助の口から出ると、そこに誠意が溢《あふ》れている。千秋は喜びを噛《か》み締めると、

「千秋もどうだ。知らぬふりをして掛茶屋に来てみぬか。おふみがお前の思っているような女かどうかすぐにわかるというものだ。うん。そうしよう。お前にはまた一働きしてもらうこともあるだろう。そっと立合ってもらうのも悪くはあるまい」

柳之助はさらにこんなことを言い出した。

「いえ、そのようなことをしては、お邪魔になりましょう……」

千秋は遠慮しながらも、この度の一件が、何やら込み入ってきているのが気になってもいた。

——少しでもお取り調べに絡んでおけば、それだけ旦那様のお役に立てるというもの。

ここはやはり自分も出張った方がよいのではないかと、次第に心が沸き立ってきたのであった。

（六）

その翌日。

万屋竜三郎に扮した芦川柳之助は、再びおふみを誘って、いつもの掛茶屋へ出かけた。

新たな展開があったとはいえ、それを何もかもおふみには言えない。

だが、おえい、おきぬ、おくまの三人が、小遣い稼ぎに北村東悦の宴席に出ていたのは、ほぼ確かであったと伝えておきたかった。

あれからおふみが、さらなる手がかりを見つけているかもしれなかった。

「おえい、おきぬ、おくまの三人は、ちょっとした小遣い稼ぎが出来ると持ちかけられて、ある書店で人知れず会って、稼ぎに出ていたようだな」

もう会うこともあるまいと、柳之助はまずそう言って、おふみの反応を見た。

「ある書店で……」

この日のおふみは終始虚《うつ》ろな様子で、嘆いてばかりいた。

「こいつも御用聞きの親分が、そっと教えてくれたことなんだ」

先日話した仁助という悪党が、ある漢書屋の手先となって娘達をたぶらかして、身分ある者に取り入って女の世話をした。

そこまではわかったが、漢書屋はすべてを仁助のせいにして、身分ある者に守られてお咎めなしになった。

「だから、おえい達の行方もわからねえままで、万屋としてはおまんまの食いあげってところさ」

柳之助は嘆息してみせた。

「でも、お上もそこまでは追い詰めたんですねえ」

おふみは少しほっとした表情となった。

「ああ、ただ手をこまねいているわけじゃあなかったんだ。だが、それでおかしなところを突ついちまって、横槍を入れられたみてえだな」

「それじゃあ、お手あげですねえ……」

「だが、娘達が見つからねえと決まったわけじゃあねえ。これから先も、行方を当ってみるよ」

「そうしてあげておくんなさいな」

「姉さんの方はどうだい？　あれから何か思い出したりしなかったかい？」

「それが何も思い出せなくて……。気がついたことは調べてみたんだけど、手がかりになるようなことは何も……。まったく、つくづくと情けないよ……」

おふみは暗い表情を変えなかった。

「姉さんが気に病むこたあねえやな」

柳之助が労《いたわ》ると、

「訊《き》いちゃあいけないことなんだろうけど、その漢書を扱っている男の名を教えてもらえませんか？」

と、おふみは上目遣いで柳之助を見た。

「いや、そいつは……」

柳之助は口を濁した。

本橋道四郎については、ちょっとした捕り物になったとはいえ、北村東悦を憚って秘密裏に探索していた。

ここでその名を明かすのは憚られた。

「話し辛いのはわかりますよ。でもね、今後娘達にそれとなく、漢書を扱う店に、小遣い稼ぎをしに行かないか、なんて誘われたらまずよしなさいと言ってやれるじゃあ、ありませんか」

だがそう言われると、確かに予防に繋がるはずだ。

「決して人には明かしませんから教えてくれませんかねえ。知っておけば、何か手がかりを摑《つか》むきっかけにもなるかもしれませんしねえ」

おふみの言うことにも一理ある。

解き放ちにしたとて、柳之助はこの先も本橋道四郎の動向を見張っていくつもりであった。

そう考えると、おふみを手先の一人として情報収集に当ってもらうのも悪くはない。

「わかったよ……」

柳之助は折れた。

「姉さんにはあれこれと手間をかけさせているからねえ」

「手間とは思っちゃあいませんが、あたしのような者でも、何か人様のお役に立てたら嬉しいと思いましてね」

「そうまで言われちゃあ黙っておけねえや。姉さんを信じて話すよ。本橋道四郎という、上野山下で漢籍を売っている野郎さ」

「本橋道四郎……、上野山下……」

「書店の主には見えねえ。いかつい浪人者だよ。明後日に、さるところに漢書を納めるそうだが、何を企《たくら》んでいるのかしれねえや。くれぐれも近付くんじゃあねえよ」

「わかったわ……」

「そんなら姉さん、また……」

柳之助は茶屋から立ち去った。

その際、茶屋の隅でお花を従えて茶を飲んでいる千秋を見てひとつ頷いた。

——どうだい。言った通りの、人助けに生きる女だろう。

無言のうちに柳之助は、そのように伝えていた。

——何も案じることはないよ。

柳之助は小さく笑って千秋と別れたのであった。

千秋は柳之助に、にこやかに会釈をして、

「さて、お花、行きましょうか」

お花に小声で言って、茶代を置いて立ち上がったのだが、しばし長床几にすわって思い入れをする、おふみが気になっていた。

柳之助が言っていたように、確かに嫌な色気のない、正義感に充《み》ちた女に見えたが、

——何やら思い詰めているような。

まさか、柳之助への想いが募ってしまったのだろうか。

そんな心配に捉われたが、そうでもないようだ。

むしろ怒りを抑えているように思えた。

——何か胸騒ぎがする。

千秋はお花を連れて掛茶屋から一旦立ち去ったが、そのままおふみの様子を見守ることにした。

商家の若女房と女中風の千秋とお花は、以心伝心で二手に別れた。

やがておふみは立ち上がり、彼女もまた茶屋をあとにした。

千秋はおふみが汁粉屋とは反対の方へと歩き出したのを見て、

——何かある。

と、思った。

柳之助から話を聞いて怒りを覚え、それを静めんとする行動に出たのかもしれない。

おふみを信じて、黙っているべきことを話した柳之助であったが、それが裏目に出ないことを千秋は祈っていた。

八丁堀に嫁いで以来、

「よけいなことはしないように」

と、柳之助は千秋に釘《くぎ》を刺してきたものの、このところは隠密廻り同心の大変さを痛感しているようで、

「千秋とお花にものを頼むのが、何よりも確かだな」

と、二人の希望を聞き入れて、隠密廻りの手伝いを頼むようになっていた。

千秋を妻にした時から、奉行の筒井和泉守は、千秋の活躍を期待していた。

「くれぐれも目立たぬようにな」

内心では周囲の思惑を知りつつ、妻と女中の腕を借りるのは忌々しくもあり、柳之助は旦那の威厳を示すのだが、

――影武芸を仕込まれている千秋とお花の方が、自分よりよほど目立たぬ動きをするというものだ。

それもわかっている。

今では、二人に対する注意も、

「何かことが起きても、相手をあまり痛めつけぬように、な」

に変わってきている。

若き女主従にとっては、ここが腕の見せどころであった。

おふみは、大川沿いに北へ行く。

千秋は気配を消してこれをつける。

やがて、万年《まんねん》橋を渡り、柾木稲荷《まさきいなり》社裏の人けのない藪《やぶ》へと消えていくおふみを、お花と共に確かめた。

千秋とお花は、それぞれ表情を引き締めていた。

藪の中に、三人の若い武士を認めたからだ。

（七）

「おふみ、何かわかったことがあったか？」

武士の一人が、低い声でおふみに話しかけた。

千秋とお花は、その言葉は確かめたものの、藪はそれほど深くもない。傍《そば》へ寄って聞き耳を立てれば、かえってこちらの方が目立ってしまう。

それゆえ、遠巻きに見守るしかなかったのだが、三人の若い武士達は、遠目にもなかなか凛《りん》としていて、怪しげな風情は醸されてはいなかった。

もっとも、三人共編笠《あみがさ》を被っているゆえに、下から覗《のぞ》く口元だけでは、はっきりとした特徴を見出《みいだ》すまでには至らなかった。

三人は何かに憤慨しているかのようにも見えた。

おふみは、女、子供、年寄りの面倒を日頃からよく見ているというから、そういう人助けの仲間であろうか。

「何とか助けてあげてくださいまし……」

おふみのこの言葉だけは、千秋の耳に届いた。

「ああ、そのつもりだ」

「おふみ、お前もよく働いてくれているな」

「おれ達で弱い者を守ってやらねばならないのだ……」

それに応える三人の武士の口からは、こんな言葉が口をついていた。

やがて、三人の武士は藪を出て、稲荷社の鳥居の方へと向かった。

千秋はお花と目で合図をかわすと、二手に分かれた。

千秋がおふみのあとをつけ、お花が三人のあとをつけるのだ。

三人の編笠の若い武士達は、しっかりと歩調を合わせて岸辺へと向かう。

おふみは、再び南へと戻った。

さらにどこかへ出かけるかを確かめておきたかったのだが、おふみはそのまま件の掛茶屋を通り過ぎて、汁粉屋へと戻った。

そして店に入るや、

「すまなかったね！　また店番を頼んじまってさあ。お汁粉のお代は要らないから、いくらでも食べていっておくれな」

常連客の小娘達に軽口を叩いたものだ。

その上で、

「あんた達も、好い小遣い稼ぎがあるなんて、調子の好いことを言ってくる奴には気をつけなよ。まあ、身を売っちまう覚悟があるなら好きなようにすればいいけどね」

と、戒めていた。

見たところ何も異常はない。

柳之助から聞いているおふみは、こういう人となりであった。

人助けのために、〝万屋竜三郎〟と会い、熱血漢である若い武士にも頼みごとをしている。

そういうことであったかと、千秋は少し穏やかな心地になった。

ところが、三人の武士を追ったお花の報せによると、

この三人は柾木稲荷社に隣接する船着き場から、待たせてあった船に乗って、立ち去ったという。

船で広大な大川に出てしまわれると、お花には追う術《すべ》もなく、漕《こ》ぎ出す姿を見送るしかなかったのだ。

三人はほとんど言葉を発することもなく、会話から何かを察することは出来なかった。

千秋はその報せを受けて、

「どうしたものでしょうねえ」

これを柳之助にどう伝えればよいかと、思案した。

少しばかり出過ぎていると思ったからだ。

柳之助は、おふみとの仲を疑われないようにという想いから、いつもの掛茶屋へきて、おふみの人となりを見るようにと、勧めてくれた。

その後、千秋がお花と共にそっとおふみの行動を見張ったと知れば、柳之助も気分が悪かろう。

おふみが、三人の若い武士と柾木稲荷社で会っていたのは、密会の趣があったが、何か悪事を企んでいるようには見えなかった。

黙っていよう、それが何よりだと千秋は思ったのだが、彼女の胸騒ぎは収まらなかった。

わざわざ柳之助には確かめなかったが、柳之助は、おふみに請われて、本橋道四郎が娘達の失踪に関与していたかもしれぬ事実を、そっと告げていた。

そういう秘事を打ち明けられてすぐに、三人組の武士に会っているおふみが、千秋は何やら、

「気に入らない」

のであった。

千秋は自分のそんな感情がどこから湧いてくるのか、じっくりと考えてみた。

おふみへの嫉妬ではない。あの三人の武士に、かつて見た何かが重なったのだ。

――そうだ。あの時の若い武士に、風情が似ているのだ。

八丁堀の組屋敷に戻ってから、千秋はそれに気がついた。

あの時の若い武士とは、二年前に向島の寮に集っていた武士達であった。

武士達は、立居振舞にも威風があり、一様に文武に優れていたのだが、その実体は尊王思想に凝り固った叛徒《はんと》達であった。

憂国の志は結構だが、そのためには手段を選ばず、流血も厭《いと》わない暴徒にたちまち変身する輩《やから》で、公儀としてはこれをそっと排除する必要に迫られた。

そうなると、〝影武芸指南役〟の出番となり、公儀隠密が容易《たやす》く寮を制圧出来るようにと、千秋の父・善右衛門がその策戦に当って、武芸を指南した。

さらに、この時、千秋にも出動要請が下された。

出前持ちの娘を装い、寮の勝手口から中へ入ったところで相手の不意を衝《つ》き、味方を中へ引き入れるのだ。

千秋は、木戸門を入ったところで、あっという間に三人を倒し、己が役目を果したのであった。

おふみに会っていた若い三人の武士は、あの時の志士を気取った武士達と同じ匂いがするのである。

とはいえ、それは千秋の考え過ぎかもしれない。

かつての叛徒鎮圧の話まで持ち出して、柳之助に注進するのは、いかがなものであろうか。

何とも小賢《こざか》しく、出過ぎた真似《まね》ではなかろうかと、千秋は気を揉《も》んだ。

おふみは弱い女子供を苛《いじ》める奴らが許せない、真《ま》っ直《す》ぐな気性の持ち主なのであろう。

柳之助はそこにほだされ、この先はおふみを慕うこましゃくれた娘達に危害が及ばぬようにと、本橋道四郎についての情報を教えてやったのだ。

しかし、真っ直ぐな気性ゆえ、おふみは怒りを募らせるあまり、いつも頼りにしている生一本な若い武士達につい話したくなったのかもしれない。

「ここだけの話にしておくれ……」

と、秘事は広まっていくものだと、千秋は父・善右衛門から教えられてきた。

——いや、だからといって、旦那様にそんな話はできない。旦那様とて八丁堀で生まれ育ったのだ。そんなことはわたしに言われなくてもおわかりのはず。

頭の中は堂々巡りである。

お花はそんな千秋の心の内が手にとるようにわかる。

「本橋道四郎という人は、近々、三雲様のお屋敷に書物を納めに行くのですね」

まどろこしいことは言わず、彼女はそれだけを千秋に告げた。

「そのようですね。お取り調べで言い逃れをしたので、行かないわけにはいられないのでしょうよ」

千秋は溜息と共に応えたが、すぐに何かに思い当り、

「なるほど、そういうことか……」

と、お花を見た。

「はい。まずそんなことはないと思いますが、確かめておけばお気も晴れましょう」

お花は、たちまち笑顔を取り戻す千秋を伏し目がちに見て、ひとつ頭を下げたのであった。

（八）

本橋道四郎が解き放ちとなった三日後。

高家・三雲丹波守の用人と、近習一人とが、中間一人を従えて、上野山下の書店を訪れた。

この日は、三雲家へ書物の納品をすることになっていた。

奉行所の取り調べを受けたゆえの方便ではなかった。

漢籍を携えて屋敷を訪ねるのは毎月のことで、以前から決まっていたのである。

書籍を納めにきた本橋に、世情に流行るものなどを問う。

それが高家としての務めの一助になるのだと、丹波守はぬけぬけと言っている。

だが、その世情とは、

「見目のよい娘がいたら、宴席に呼ぶようにのう」

という女の事情であった。

これまでに、本橋には何度もその世話をさせ、屋敷内に連れてこさせたこともあった。

丹波守は五十を過ぎ、正妻を亡くしている。

それゆえ、屋敷内に連れ込んだとて、騒ぐ者もなかったが、高家たるものが拝領屋敷に〝隠し売女〟を引き入れたことがわかれば、お上からのお咎めは免《まぬ》がれぬ。

「御前様は御機嫌麗しゅう……」

本橋は機嫌をとるように、用人に問いかけたが、

「麗しいはずがなかろう」

ぴしゃりとやり込められた。

「面目ござりませぬ……」

女の取り持ちが高じて、

「もそっと、手垢《てあか》のついておらぬ娘はおらぬのか」

などと要求を募らせたのは丹波守の方であった。

それが発端となり奉行所からの詮議を受けるまでになったのだが、こういう傲《おご》った貴人は、

「お前の不始末を誰が尻拭いしてやったと思うておるのじゃ」

と己が非は認めず、文句ばかりを言い立てる。

しばらくは女を呼ぶことも出来まい。

その上に、また何を理由に本橋が引っ張られるかわからない。

そのような苛々が募っているらしい。

——まったく、欲の塊のような御前様だ。

それに引っ付いて金儲けをしてきた本橋道四郎であるが、さすがにうんざりとしてきた。

公儀の儀式、典礼を司り、朝廷との繋がりもあるとなれば、方々からの付け届けが絶えぬ。

何もかも人の懐で己が欲を充たし、少しでも自分に都合の悪いことが起こると、権威をもって叱りつけ、押さえつける。

「当面は、当家から一歩も外に出ることはまかりならぬぞ」

そして、用人は当り前のように言う。

それでも高家の屋敷には、町方役人も出入り出来ないのだ。

丹波守は、ろくな男ではないが、本橋道四郎を屋敷内で密かに抹殺するほどの度胸もあるまい。

——どうせほとぼりを冷まさぬといかぬところだ。

三雲屋敷はどこよりも安全である。

わざわざ迎えをよこしたのも気が利いているではないか。

本橋など打ち捨てておいたとて、

「当家はあずかり知らぬこと」

と、あくまでも突っぱねてしまえばよいものを、

——まったく気が小さい男だ。

本橋は心の内で嘲笑いつつ、

「さて、参りましょうか。漢書をお届けに……」

少しばかりからかうように用人達に言った。

考えてみれば自分は三雲家の弱みを握っているし、当主、丹波守には好《よ》い想いをさせてきたのだ。

こんな奴らなら、いくらでも舌先三寸で丹波守から不興を買わせてやる。

そういう悪党の自負が生まれていた。

用人達は、小癪な奴めと思いながらも、強く出られるとたちまち弱気になってしまう。

武士といっても、高家において人の顔色ばかり見て保身に走る連中はそんなものなのだ。

本橋は不敵な笑みを浮かべて、堂々たる足取で不忍池の西畔を道行く。

三雲邸は小石川《こいしかわ》にあり、ここからはさほど遠くはなかった。

まさか駕籠や乗物を用意してくれるはずはないが、傅《かしず》かれて朝の池の端を歩くのは気持ちがよかった。

——好い気になりやがって。

その姿を、池端で休息する飛脚が認めて、菅笠の中で忌々しそうに呟《つぶや》いた。

飛脚は芦川柳之助であった。

この日、本橋道四郎が三雲邸へ、漢籍の納品に行くことはわかっていた。

しかし、奉行所としては表立ってその道中を見張ることは出来なかった。

相手は高家の中でも格式の高い、高家肝煎《きもいり》の三雲家である。

三雲家からの抗議を受けて解き放った者に、さらに詮議の目を向けるわけにはいかなかったのだ。

とはいえ、そのままにしておくのも癪に障る。

本橋が申し述べたように、真《まこと》に三雲邸へ納品に出かけるかどうかは確かめておかねば南町奉行所としても気がすまない。

それゆえ、隠密廻りの柳之助が、そっと確かめることを申し出たのだ。

隠密廻り同心は、南北奉行所に二人ずつしかいない。

文字通り隠密裏に動いているので、町同心の中でも一部の者しか、その実態がわからないのだが、手先を上手に使いこなさねば、なかなか務まらない。

——やはり助かるし、頼りになる。

柳之助が素直に認めなければならないのは、千秋とお花の隠密行動であった。

表立って行動をおこせない奉行所ゆえに、今日は二人共、女太夫の姿に身をやつし、柳之助に付かず離れず、本橋道四郎を見張っていたのである。

先だっても、本橋の逃亡を挫《くじ》いた千秋とお花である。

「旦那様、かくなる上は、この度もまたお手伝いさせていただきとうございます」

千秋はお花を従え、有無を言わさぬ勢いで、願い出た。

定町廻りの盟友、外山壮三郎は遠巻きにしか本橋を見張れない。

「よし、それなら頼んだぞ」

柳之助は二つ返事でこれを認めた。

二人は本橋の面体を知っているし、三雲邸に入るのを見届けるだけなら大した負担でもあるまい。

——何とありがたい女房殿か。

口には出さねど、この度ばかりはそう思ったのだ。

千秋には柳之助の態度で、自分への謝意が見てとれるゆえ嬉しかったのだが、彼女の胸の内には、夫に言えない不安があった。

——取り越し苦労ですめば好いのですが。

そう願いつつ、女笠で顔を隠し、三味線を片手に柳之助の出動に加わったのだ。

さらに、小者の三平と、密偵の九平次も、旅人、近在の百姓に身を変えて、柳之助に従っていたので、

——これなら少々のことが起きても切り抜けられる。

千秋は確かな手応えを覚えていた。

万全の体制で臨んだつもりの柳之助であったが、千秋の持つこの胸騒ぎの意味まではわかっていなかった。

そして、千秋の胸騒ぎがやがて現実のものとなることを、予想だにもせず、好い気になって道行くのが、本橋道四郎であった。

この日は朝からどんよりと曇っていた。

風はなかったが、寒さが体の芯にこたえ、駆け出したい不気味さが漂っていたが、本橋にとっては何ほどのものでもない。

福成寺《ふくじょうじ》の前を過ぎて、教證寺《きょうしょうじ》にさしかかろうとする辺りで異変が起こった。

それは、千秋ですら思いもよらぬことであった。

傍らの繁みの陰から、いきなり放たれた矢が、本橋の腹に深々と突き立ったのだ。

「な、何奴……！」

三雲家の用人は、あまりの恐怖に身が竦《すく》んで、悲鳴に近い声をあげた。

本橋は低く呻《うめ》いて、その場に崩れ落ちていた。

同時に繁みの中から、抜刀した覆面の武士の一団が彼らに殺到した。

その数は五人。

「お、おのれ……」

用人達は刀に手をかけたが、不意を衝かれて、本来の護衛の役目も忘れ、本橋を置いて逃げ出した。

彼らにしてみれば、こんな怪しげな男のために命をかけて戦う謂《いわ》れはなかったのだ。

──しまった。

意表を衝かれた柳之助は、文箱をくりつけている棒を手に、武士の一団に立ち向かった。そして、

「悪党め！　天罰を受けよ……！」

覆面の武士の一人が、本橋に止《とど》めを刺さんとするのを、

「止《よ》さねえか！」

と、そ奴の小手を打ち、防いだのだ。

「邪魔立てすると斬る！」

思いもかけぬ飛脚の武勇に戸惑いながら、仲間の一人は気を取り直して、柳之助に斬りかかった。

しかし、次の瞬間、仲間の一人の利き腕に棒手裏剣が突き立った。

それは千秋が放ったものだ。

千秋とお花は、竹の杖《つえ》に見せかけた鋳物の棒を得物として、柳之助に加勢した。

さらに丸形十手を懐から取り出した九平次も駆けつけた。

柳之助一党は、いきなり矢が飛んだのに意表を突かれた。

しかし覆面の一団は、飛脚と女太夫が明らかに武芸達者であることに、さらに意表を衝かれていた。

「えいッ！」

千秋の棒は、一人の肩を打ち、さらにもう一人の胴を打つ。

この時、お花も既に一人の面を棒で打ち、柳之助は一人に足払いをかけていた。

──さすがはご新造さま。

三平は、惚《ほ》れ惚《ぼ》れとして千秋の助太刀を確かめると、駆け出した。

近くの湯島天神《ゆしまてんじん》に、外山壮三郎が小者を従え、待機しているのだ。

「退《ひ》け……！」

覆面の武士の一団は、敵の強さを知るや、散り散りに逃げた。

その見切りのよさは、日頃から彼らが錬成されていることを物語っている。

しかも皆が腕利きであった。

千秋、お花がいれば負けはしないだろうが、相手は打刀《うちがたな》でこちらは棒となれば、制圧するのは難しい。

「追うな！」

どこに伏兵が忍んでいるかもしれないし、またも矢が放たれる恐れもある。

柳之助に足払いをかけられた一人を、千秋がさらに打ち倒していた。

こ奴一人を捕えるだけで十分であった。

「おい！　しっかりしろい！」

駆けつけた九平次は、本橋道四郎を抱き起こしたが、既に彼はこと切れていた。

「これはいったい……」

柳之助は、歯嚙みした。

その隙を衝いて、打ち倒された覆面の武士の一人が、脇差で己が腹を突いた。

「しまった……！　おい！　お前は何者だ！　何故《なぜ》こいつを襲った！」

柳之助は、武士の覆面をはぎ取ると、彼の腹に突き立った脇差を抜き取り、肩を揺すった。

「ふん、守る相手を違《たが》えるな。木っ端役人め……」

武士は二十歳を過ぎたくらいであろうか、柳之助を詰るとやがて空しくなった。

「おい！」

柳之助はもう一度武士の肩を揺すったが、魂が抜けた武士の体は、だらりとして重くなるばかりであった。

千秋とお花は、自分の活躍を確かめる間もなく、二人の死を見届けると姿を消した。

柳之助のことが心配でならなかったが、ここに長居すれば、柳之助の隠密行動の妨げとなろう。

何よりもそれは避けねばならない。そういう心得は、〝将軍家影武芸指南役〟の父から教え込まれていて、柳之助以上にためらいがない。

まさかこのような展開になると思っていなかった柳之助にとっては、呆然自失たる

自分の姿を千秋に見られたくなかったゆえ、

——よくできた妻だ。

と、改めてありがたく思った。

「旦那……」

低い声で九平次が柳之助の耳元で囁《ささや》いた。

外山壮三郎が、南の小道から小者達を従えて駆けつけて来るのが見えた。

さらに、異変を知った通りすがりの者達と共に、三雲家の用人がふらふらと現場に戻ってきた。

柳之助もまた、通りすがりの飛脚を装い、この場を立ち去らねばならなかった。

（九）

奉行所に戻ってから、この日の報告をすませた芦川柳之助は、

「よい働きであったぞ。ひとまず休むがよい」

と、奉行・筒井和泉守からは労いの言葉を賜った。

敵に勇敢に立ち向かい、三雲家の用人達三人はその甲斐《かい》あって無傷ですんだ。

もっとも三雲家の三人は、だらしなく逃げたゆえ、通りすがりの飛脚や女太夫の武勇が、自分達の退却を安全なものにしてくれたことなど知る由もなく、

「これはさぞかし、北村東悦殿を襲った賊と関わりがあろう。無法者を早く捕えてもらいたい」

丹波守からは、叱責とも取れる訴えがあった。

和泉守は苦笑するしかなかったが、三雲家の重臣達にとって、本橋道四郎の死はめでたいことでもあったはずだ。

丹波守自身はしばらくの間、自制を強いられるであろうし、新たな〝太鼓持ち〟を探すのもそれはそれで一苦労であるはずだ。

当面の間、困った当主が大人しくなるのは確かであろう。

それでも芦川柳之助は心が晴れなかった。

奉行は労ってくれたが、彦右衛門、北村東悦、仁助に続き、一連の事件に何らかの手がかりを握っているはずの本橋道四郎の死は防げなかったのか。

また、せっかく捕えたはずの覆面の武士まで死なせてしまったのは、自分の不注意であった。

今後の取り調べにおいて、重要な二人であったものを——。

さらに、もうひとつの疑念が柳之助の胸を締めつけていたのだが、組屋敷に戻ってからは、それがさらに高まった。

「今日の一件には、おふみ殿が絡んでいるかもしれません」

胸の内に抱えていた屈託を、千秋に言い当てられたからだ。

千秋は悩んだ。

おふみが柾木稲荷社裏の藪の中で、いかにも血気盛んな若い武士達と会い、何やら深刻な表情で話していたことを伝えるべきか否か——。

一度は言わずにおこうと決めた。

その時覚えた胸騒ぎが、取り越し苦労であればよいのだ。その想いをもって、柳之助の隠密での本橋道四郎見守りの助勢を買って出たのだ。

その胸騒ぎが何故生まれたのかというと、おふみと若い武士達の怒りを感じたからではなく、柳之助がおふみに洩《も》らした話の内容が、おふみによって外へ流れることへの不安であった。

まずありえないが、そんなことが起これば、千秋の大事な柳之助は大きな痛手を受けるだろう。

ゆえに、

「取り越し苦労でしたね」

と、その場にいてほっとしたかったし、また何か異変があれば、

「わたしが許しません」

という意気込みをもって、お花と女太夫に扮し有事に備えたのだ。

しかし、千秋の胸騒ぎは現実のものとなった。

かくなる上は、何もかも正直に伝えるべきだと、千秋は考え直したのだ。

「すぐに申し上げるべきでしたが、それでは旦那様が、お気を悪くなされると思いまして……」

千秋は自分の目で見た事実と、これまでの正直な想いを柳之助へ伝えたのであった。

「そんなことがあったのか……」

柳之助は大きく息を吐いて、

「千秋は悪くない。おれが間抜けだったのだ……」

と、奥歯を噛み締め、しばし無言を貫いた。

——おふみにいっぱいくわされたかもしれない。

おふみは、こましゃくれた娘達の更正を願い、あれこれ世話を焼いていた。

それは間違いなかろう。

そういうおふみの存在を知り、悪人に天誅《てんちゅう》を加えんとする若い武士達が近付いたのではなかったか。

そして、おふみに〝神隠し〟の娘達について聞き込んできた、万屋竜三郎という男を、お上の廻し者でないかと疑った。

「つまるところ、おふみはおれの正体に気付いていて、おれからあれこれ話を聞き出そうとしていたのだ……」

本橋を襲った者の一人は自害して果てたが、今わの際に、

「ふん、守る相手を違えるな。木っ端役人め……」

と、飛脚姿の柳之助を詰った。

「奴はおれを〝木っ端役人〟と罵った。本橋道四郎を守るなら、酷《ひ》え目に遭わされている娘達をまず守ってやれと言いたかったんだな」

死んだ若い武士が何者であったか、外山壮三郎が今懸命に調べているが、悪い奴らに天誅を加えんとする一団の一人に違いない。

彦右衛門の懐中を狙い、北村東悦の金蔵を荒らしたのは、盗賊に見せかけるための方便でもあり、軍資金に充《あ》てる意味があるのだろうか。

そうして、仁助と本橋は、銭金抜きで殺害し、哀れな娘達の仇《かたき》を討ったのである。

襲撃は五人。

半弓を放った者の腕は大した技量だといえるし、敵の手中に陥るなら死を選ぶという強い覚悟もある。

「千秋、ひとつ教えてくれ。自害した奴は、おふみと話をしていた連中の一人だったかい？」

千秋は神妙に頷いて、

「あの日、武士達は笠を被っていて、よくわかりませんが、声と口元が三人の武士達の一人と同じであったような気がします」

「そうか……」

柳之助はがっくりと肩を落した。

侮れない相手である。

思想が統一されていて、正義を前に押し出すだけに迷いがない。

武術も戦法もよく調練されているとなれば、民衆からの人気を得るだろう。

どうせ奉行所は、お偉方の機嫌をとって、本当に悪い奴らは捕えない。それなら連中に頼れば好い。

そんな声もやがてあがるかもしれない。

「とは申しましても、あの連中のしていることは、ただの人殺しです。どんな理由があろうと、人様の命を奪って好いものではありません。旦那様、わたしもお花も、何があっても旦那様が正しいと信じて、いつでも戦うつもりでございます」

千秋は失意の柳之助を励ました。

「うむ、やはり千秋はおれにとって、何よりも心強い味方だな」

柳之助の顔にやっと笑みが戻った。

千秋はたたみかけるように、

「まず、汁粉屋をお取り調べねばなりませんね」

と、意気込んだが、柳之助は相槌《あいづち》を打ちつつ、

「そうするつもりだが、おふみはもう消えていたよ」

力なく言った。

「消えていた……」

柳之助は、奉行所での報告を終えると、すぐさま万屋竜三郎となって、深川佐賀町の汁粉屋〝ふみ〟に走った。

しかし、店は閉まっていて、おふみを訪ねてきたと思われる小娘達が、所在なげに店の前に立っていた。

「兄さん、おふみ姉さん、どこへ行っちまったんだい？」

柳之助は問われても応えようがなく、

「いねえのかい？」

平静を装って問い返すと、

「何だい、知らないのかい。どうやら店をたたんで、どこかへ行ったようなんだよ」

「兄さんも、ふられちまったね……」

「明日から、どこへ遊びに行きゃあいいんだろうねえ」

小娘達は、本当にふられたように立ち竦む柳之助を尻目に散っていったのであった。

「そうでしたか……」

柳之助のことである。

おふみを訪ねぬはずはなかった、千秋はくだらぬことを言ったと口を噤《つぐ》んだ。

「根は悪い女じゃあねえんだろうよ。だが、ふふふ、おれをいっぺえくわしやがった」

柳之助はおどけてみせると、

「今日は寝るとしよう」

精一杯の笑みを浮かべて寝間へと立った。

「ただ今お支度を……」

千秋はいつもの口調で言いつつ、すぐにあとを追うのも決まりが悪かろうと、ひとつ間を空けた。

「お花……」

そうしてお花を傍へ呼ぶと、

「わたしはこれからまた、痩せますよ」

愛嬌《あいきょう》に充ちたふくよかな顔を、厳しく引き締めたのである。

第四章　銀の玉簪《ぎょくしん》

（一）

本所を流れる横《よこ》川が、向島との境い目を東西に流れる源森《げんもり》川とぶつかるところ。
この辺りが小梅瓦町《こうめかわらまち》となる。
周囲は田地、寺院、大名家の下屋敷ばかりで、遊楽の地・向島への南口といえる。
そこに〝まさご〟という船宿が、ひっそりと建っている。
何ごとにもてきぱきとしていて、そつがない女将《おかみ》が切り盛りしている。
女将の他には女中が数人に、料理人と男衆を兼ねた奉公人が三人ばかりいるようだが、お忍びで訪れる客がほとんどであるから、一様に慎ましやかだ。

それゆえ、その全容を知る者は女将だけであろう。

汁粉屋のおふみは、この船宿にいた。

今は台所にいて、四十絡みの料理人としかつめらしい顔をして話している。

この料理人こそが〝まさご〟の実質の主《あるじ》で、船宿を隠れ蓑《みの》にしている、松尾槌太郎《まつおつちたろう》という浪人であった。

「おふみ、お前はあの同心に惚《ほ》れたか……」

槌太郎は、まな板に向かいながら言った。

まな板の上では、大根が心地のよい音と共に、同じ厚さに切られていく。

なかなかの包丁捌《さば》きである。

「まさかそのような……」

問われておふみは頭を振った。

「お前とて女だ。男に惚れるのもよい。だが、相手を違《たが》えるな」

「わかっております」

「相手も馬鹿ではあるまい。お前にたばかられたと気付いていよう」

「はい。そんなところに、のこのこと出て行けるはずもございません」

「だが、そこが惚れた弱みというものでな」

「すべては仇《かたき》を討つための方便です。本気になるはずはございません。ただ……」

「何だ」

「役人の中にも、悪い奴《やつ》らを心から憎んで捕えてやろうという者もおります」

「そのようだな。芦川柳之助《あしかわりゆうのすけ》……。仲間にしたいような男だと聞いているぞ」

「それを出し抜いてまで、討たねばならなかったのでしょうか」

「お前の言いたいことはわかる。だが役人は、上からのお達しがあれば平気で悪い奴を見逃すもの。あてにならぬゆえ、我らが戦っているのではないか」

「はい」

おふみは畏《かしこ》まってみせた。

儒者、軍学者であった松尾槌太郎は、かつて〝政道塾《せいどうじゆく》〟という私塾を開いていた。

民衆は享楽に耽《ふけ》り、武士は文武を疎《おろそ》かにして、己《おの》が欲得に走る。その陰で弱者はどこまでも酷い目《ひど》に遭わされる。

そんな世を黙って見ていてはならない。まず、女、子供、老人を守ろうではないか、と彼は塾生達に訴えた。

彼に心酔する若い武士は多く、

「松尾先生の下で世直しの旗をかざしたい」

と、考える者が続出した。

〝政道塾〟の塾生達は、近隣で困っている人を見かけたら、体を張って守ろうとしたので、周囲の人達には愛された。

だが、時としてそれは流血沙汰となりお上に睨《にら》まれたため、槌太郎は、

「我らはやくざ者の集まりではない」

と血気を戒め、〝政道塾〟をたたんでしまった。

しかし、それでも松尾槌太郎を慕う者は彼から離れようとせず、

「表向きの動きがお上に睨まれるというのであれば、密《ひそ》かに集まり、我らの想《おも》いを遂げとうござりまする」

と訴えた。

槌太郎は弟子達の想いに心打たれて、それからは〝政道塾〟を影の組織にしたのである。

するとと彼らの行動は過激なものになっていった。

女子供に過酷な働きを強いる者を見かけると、押し込み強盗を装い、その主に天誅《てんちゅう》を加え、財を奪い軍資金に充てたり、辻斬《つじぎ》りを装い命と金を奪ったりし始めたのだ。

これが上手《うま》くいき出すと、塾生達は大いに満足を覚えた。

悪党から奪った金が、そっと弱者の手に渡るようにしてやると、

「生きていてよかった……」

誰もが涙ぐむ。

その姿を見ていると幸せな心地となった。手を尽くした甲斐《かい》もあるというものだ。

役人は、悪党を捕えても、哀れな者に手を差し伸べはしない。

「やはり、我らのような者がおらねばなりますまい」

と、理不尽な世に風穴を空けんとしている自分達の行動に、陶酔するようになった。

塾生達は皆一様に浪人の子弟で、文武に励むにも金銭に余裕はなく、成果を修めたところで立身の機会もない。

権力者達の世襲によって排除され、〝邪魔者〟として芽をつまれてしまう。

武士の矜持《きようじ》をどこへ求めればよいのかと、

「いっそのこと腹をかき切って御先祖に詫《わ》びたい」

そんな想いにかられていたゆえに、憂国の念が戦いの高揚に変わっていくのだ。

だが何よりも意識が変わっていったのが、松尾槌太郎その人であった。

彼は心からこの国のあり方を憂えていたが、自分の意のままになる兵と軍資金を得

ると、あらゆるものを支配し、征服したいという欲が生まれてきたのだ。

相変わらず槌太郎に心酔する者達は、それが将たるものの真の姿であると、どこまでもついていく想いを高めていく。

その一方では、現状に不安を覚えている者もいる。

この船宿が、松尾一党の隠れ家となっているのは言うまでもない。

先だっての本橋道《もとはしみち》四郎《しろう》襲撃に加わった五人の内、捕えられて自害したのが免田万次《めんだまんじ》郎《ろう》で、他の四人は客、男衆に姿を変え、ここに潜伏していた。

矢代権右衛門《やしろごんえもん》は四人の内の一人で、おふみが柾木稲荷《まさきいなり》の裏手で会っていたのが、矢代、免田、そして今は槌太郎の傍らで同じく料理人に扮している沼田平左衛門《ぬまたへいざえもん》であった。

槌太郎から訓戒を受けたおふみの気持ちは、矢代にはよくわかる。

台所を出て、井戸端で洗い物をするおふみに、矢代はそっと寄り添って、

「このところ松尾先生のお姿が見えぬ時がある」

と、小声で言った。

「先生の仰《おつしや》ることはごもっともです……」

おふみはにこやかに矢代を見た。

矢代は、免田の死を止《や》むなしと思っている槌太郎に、不満を抱いているのであろう。それはわかるが、余計な話をすると組織というものは内から争い、瓦解しかねないものだ。言動には気をつけねばなるまい。

悪い役人をたぶらかすのならよいが、おふみは芦川柳之助と話している間、えもいわれぬ安らぎを覚えていた。

だがそういう感情が裏切りに繋《つな》がると槌太郎に言われると、黙ってここでほとぼりを冷ますしかなかった。

「どこまでも女を慰みものにして生き地獄に落す者を許してはならぬ」

この度の天誅世直しは大がかりなものとし、一通り目的が達成されれば、しばし身を潜《ひそ》め、その間に英気を養い、新たな戦いに挑む——。

松尾槌太郎はそれを標榜《ひようぼう》していた。

そのきっかけとなったのが、おふみの仇討《あだう》ちであった。

おふみはかつて、あの高利貸しの彦右衛門《ひこえもん》に、妹を攫《さら》われていた。

亡くなった二親《ふたおや》に借金があったと言い立て、まだ十五と十三の姉妹を攫わんとしたのだ。

おふみは妹を連れて逃げたが引き離され、その時の争いで彼女は小高い丘の崖から転がり落ちて、昏倒《こんとう》してしまった。

それを救《たす》けてくれたのが槌太郎であった。

その頃の槌太郎は正義に燃えていた。

酷い目に遭わされたおふみの様子を見て、

「これは放っておけぬ」

と、彼女を保護して、気がついたところで事情を聞いてやった。

事情を知ると、あまりにもおふみが哀れで、

「そんな者にはきっと天罰が下るはずだ」

と憤り、彦右衛門の行方を追った。

ところが彦右衛門は、それまでの無法が祟《たた》って江戸にいられなくなり、おふみの妹を売りとばしてそのまま逐電していた。

そして妹も、彦右衛門の行方も知れぬままとなってしまった。

恨みと男への怒りに震えるおふみを、槌太郎は己が手許《てもと》に置いて、人助けの手伝いをさせた。

そのうちに、天誅世直しの活動は激しさを増し、おふみはそれを支えるために、深川の遊里に潜入して諜報《ちょうほう》を務め、このところは汁粉屋の女将に落ち着いた。

ここでは、こましゃくれた小娘達が非行に陥らないように、何くれとなく面倒を見てやる楽しさを覚えた。

ところが去年、捜し求めていた妹が、潮来《いたこ》の女郎屋で死んでいたことがわかった。怒りと虚《むな》しさに打ちひしがれるおふみは、さらに彦右衛門が江戸に戻っていることを知る。

「おふみ、いよいよ妹の仇を討つ時がきたようだな。お前はあの頃とは違う。我らがついている。まず任せておけばよい」

そうして、高利貸しで人を苦しめ、権力者に取り入っているという彦右衛門を、女の生き血を吸って生きている仁助《にすけ》と共に殺害し、懐《ふところ》の金を奪った上で仁助の仕業に見せかけた。

探るうちに、書家であり骨董《こっとう》の目利きとして各界に顔が利く、北村東悦《きたむらとうえつ》が彦右衛門と密かに繋がっていて、陰で乱痴気騒ぎをしていたと知る。

「これもまた見せしめだ」

と、塾生達は意気上がり、汚らわしい彦右衛門の仲間に天誅を加え、その財を奪い軍資金としたのである。

この闘争は見事に決まった。

これまでは、個人相手の押し込み強盗であったり、辻斬《つじぎ》りであったりと、小さな事件に見せかけたものばかりであったが、北村東悦への襲撃は、名の知れた盗賊でもなかなか出来ぬ鮮やかさであった。

「よし、まだまだ不埒者《ふらちもの》が繋がっているはずだ。手を緩めるでないぞ」

意気上がる松尾一党は、彦右衛門、仁助にはまだ仲間がいたはずだと、奉行所と競うように探索を始めた。

そうしておふみは、芦川柳之助から本橋道四郎の情報を聞き出すことに成功したのである。

免田、沼田、矢代といった二十半ばの塾生達は、これまでに廻《まわ》り方同心の顔と名前をことごとく覚えんとして、町を駆け廻っていた。

そこへ、芦川柳之助が、おふみの汁粉屋に近付いてきたのだ。

「お前がこれまで続けてきた人助けが、ここに生きてきたということだな」

槌太郎は上機嫌であったし、積年の彦右衛門への恨みを晴らしてくれた組織のためならば、情を殺してでも従わねばならないのが、おふみの定めとなっていた。

——任せられるところは奉行所に任せておけばよいのに。

おふみは活躍を賞されつつ、心が晴れなかった。

悪を憎む想いは、先生も八丁堀《はっちょうぼり》の旦那も同じではないか。以前の槌太郎ならば、

「役人が動くのなら、そこは任せておくがよい」

そう言ったはずなのに。

矢代権右衛門は、

「あらぬところへ走り出さねばよいがな……」

おふみに囁《ささや》くと、客間に戻った。そこで次なる軍議が始まるのだ。

おふみは、自分の胸の内に疼《うず》き始めた松尾槌太郎への不安を同じようにわかってい
る仲間がいると思うと、それだけで少し気が晴れたような気がした。

同時に、芦川柳之助のにこやかな表情が、なかなか脳裏から消えず、彼女を切なく
させていたのである。

(二)

〝政道塾〟が、さらなる動きを見せようとしているのに対し、南町奉行所も手をこま
ねいてはいなかった。
未《いま》だ〝政道塾〟に辿《たど》りついてはいないものの、過激な思想で繋がる浪人達の一党が

陰で動いているのであろうと目星をつけていた。

芦川柳之助は、妻の千秋《ちあき》から、

「きっと旦那様の敵は、自分達が考えていることが何よりも正しい。そう思い込んでいる人達なのでしょう。二年前にわたしが戦った相手もそういう人の集まりでした」

と、聞かされていた。

その時は稲荷寿司《いなりずし》の出前持ちに化け、木戸門を入ったところで、たちまち相手の若い武士三人を打ち倒し、味方を中へと引き入れる活躍をみせた千秋であった。

しかし、退却のため、塀を跳び越え路地を駆け抜けんとした際、目測を誤まり塀と塀との間に体が挟まり身動きがとれなくなってしまった。

兄・喜一郎《きいちろう》が助けてくれたので大事に至らなかったが、その時の無念さを思い出すと、今も叫び出したくなる。

「なるほど、手前が正しいと信じ込んでいる奴らは性質《たち》が悪いな」

柳之助は大いに頷《うなず》く。

「旦那様が何と仰せになろうと、わたしは助太刀させていただきます」

千秋は二年前の経験を、柳之助のこの度の務めに活《い》かすつもりであると、力強く言った。

妻の強さは大いに認めるところであるが、千秋は何よりも失意の自分を励まさんとしているのだ。

柳之助はもう、

「出しゃばるなよ――」

とは言わなかった。

千秋の力を借りることにためらわなくなった自分が、いささか恥ずかしかったが、ここは千秋の気持ちをありがたく素直に受け止めて、

「頼りにしているよ」

と、やさしく言った。そしてつくづくと妻を見つめて、

「また痩せるつもりか？　それはほどほどにな……」

と、少し寂しそうな表情をみせたものだ。

一方、外山壮三郎《とやまそうざぶろう》はというと、本橋道四郎を襲撃した五人組の内の一人で、自害して果てた若い武士が〝政道塾〟塾生の一人、免田万次郎であることを、突き止められずにいた。

だが、思わぬところから〝政道塾〟の名が浮かび上がる。

高利貸しの彦右衛門が殺された後、遺《のこ》された金銭貸借の帳簿、証文の類《たぐい》は壮三郎に

よって押収され、彼は彦右衛門から金を借りていた者達を念入りに調べてみた。

彦右衛門が死んだ今、彦右衛門の跡を継ぐ者が、貸金の回収に当ることになるのだろうが、一人で悪事を重ねてきた男である。そんな者はいない。

いたとしても、仁王《におう》のような外山壮三郎に睨まれたら、証文を返せとは言えまい。

どれも十両未満の金で、暮らしに困って仕方なく借りた連中がほとんどである。

「帳消しになればさぞ喜ぶであろう」

と思いつつ、彦右衛門に繋がる何かがわかるかもしれないと調べたのだ。

すると、証文にはないが百両の金が、米川一秋《よねかわいっしゅう》という儒者に渡っているのが、帳簿から読み取れた。

形は私塾への合力のようだが、まさか彦右衛門がそのような篤志家とも思えない。

たとえば、一秋から利息はたっぷりつけて返すゆえ金を用立ててもらいたい、などと持ちかけられ、それを何度か繰り返すうちに証文などは交わさぬ仲になった――。

いずれにせよ彦右衛門が私塾を援助するには、互いの利が上手く絡んでいたはずだ。

柳之助はこの話を壮三郎から聞いて、

「どうも胡散臭《うさんくさ》いな」

私塾というのが怪しく思えた。

それですぐに、三平《さんぺい》、九平次《くへいじ》も動員して、米川一秋なる学者を調べると、麻布《あざぶ》にあったはずの米川の私塾は既にたたまれていた。

ますます怪しいと、さらに調べると、一秋はかつて四ツ谷《よや》にあったという私塾〝政道塾〟に通っていて、塾長の松尾槌太郎を崇拝していたらしい。

〝政道塾〟は弱者救済を訴え、実際に人助けに精を出していたゆえに、周囲の住民達からの評判はよかった。

槌太郎を一秋が崇《あが》めていたのは頷けるし、そこに別段怪しさは見えなかった。

ところが、彦右衛門殺しについて供述していた者達にもう一度、当時の様子を聞いておこうと、彦右衛門の根岸の寮にほど近い庵《いおり》に住む絵師を手先に訪ねさせると、絵師は家移りをしてその後の行方がわからないという。

もう一人、彦右衛門と仁助が雑木林の近くで、難しい表情で話している様子を見かけたと言った、近在の百姓の息子は、親から勘当を受けて逐電していた。

この百姓の息子は学問好きで、いつかは役に立つこともあろうと、学問所に通うことを認めてやったのだが、

「かえっておかしな智恵《ちえ》がついたようにございます」

と、百姓は申し訳なさそうに言った。

「どこの学問所へ？」

「確か四ツ谷の〝政道塾〟とか申しておりました。ここからは随分と遠いというのに、月に何度も出かけておりました」

しかし、もう何年も前に塾は閉められた。

その後は、どこそこで講義があるからと言っては、出かけていたのだが、

「きっと悪い仲間と遊んでいたのでしょう」

家業に身が入らないので、厳しく叱責をするうちに口論となり、勘当を言い渡すと、そのまま出奔してしまったという。

壮三郎は自ら出向いて、

「何かおかしなことを言っていなかったか？」

百姓に訊《たず》ねると、

「おれは人様の役に立つ男になるんだと……。親を粗末にする男が人様の役に立つはずはございません」

という嘆きが返ってきた。

「〝政道塾〟か……」

ここで米川一秋と百姓の息子が繋がった。

彦右衛門と仁助が雑木林の近くで話しているのを見たという、この百姓の息子も、近くに住む絵師もその後姿を消している。

彦右衛門の骸《むくろ》を見つけた老婆は、毎日近くの墓所に同じ時分に参りに行くという。

「柳之助、何やら匂うだろう」

壮三郎はさっそく柳之助にこれを伝えた。

「ああ、やけに匂いやがる」

妻・千秋の戦いの思い出、かつては盗賊の一味で、賊徒の動きや活動に詳しい密偵・九平次の智恵。

それらを合わせて考えると、連中は適所に仲間を配して、完璧なまでに彦右衛門殺しをしてのけたのではなかったかと思われる。

私塾を開いているという米川一秋は、

「我が私塾には有徳なる方々が合力をしてくださっているのだが、時に書籍などを購入するのに、臨時の金が入り用になることもあって、繋ぎの金に困っておりましてな」

などと言って彦右衛門に近付き、金を借りてはきっちりと利息をつけて返すことで、彦右衛門からの信用を得たのだろう。

学識があり、志があるゆえ、涼やかで誠実そうに見える一秋である。彦右衛門は自分に対しても誠実だと思った。

そこで百両を借りる。

同時に、彦右衛門を殺してやろうとする計画が傍らで進められる。

まず、彦右衛門が根岸の寮を出るのを、仲間数人が待ち伏せ、腰巾着の悪党・仁助と共に刺殺する。

文武を修めている連中が数人がかりとなれば、巨漢で喧嘩自慢の彦右衛門であっても、何ほどのものではない。

不意を衝《つ》いて打刀《うちがたな》で刺し貫き、荷車か行李《こうり》に骸を入れ、彦右衛門の骸は雑木林へ運び、ここで捨ててしまう。

仁助はそのまま道灌山の麓《ふもと》の人気《ひとけ》のない斜面に埋める。

いつもその時分になると雑木林の前を通る墓参りの老婆が彦右衛門の骸を見つければ、仲間の絵師と、近在に住んでいる塾生である百姓の息子と二人で、さも仁助が彦右衛門を殺したと思えるような証言をする。

このように組織ぐるみで予《あらかじ》め計画されたものではなかったか。

結果、悪い奴らに天誅を加え、彦右衛門の懐の金と百両をふんだくる成果を収めたわけである。

「どうやらそのようだ……」

壮三郎は柳之助と立てた推理に間違いはなかろうと、改めてこれまでの事件を振り返った。

「となると、連中は〝神隠し〟にあった娘達の噂《うわさ》も聞きつけていて哀れな女達の仇を討ったつもりでいるらしいな」

柳之助は、〝政道塾〟の者達が、影の組織を作り、遂《つい》には北村東悦、本橋道四郎襲撃に繋げたのだと断じた。

「こいつは厄介だな……」

連中はこのままではいまい。

彼らにとっては殺人も強奪も世直しであって、犯罪ではないのだ。

――信じるものがあるから、危険を冒してでも、己が役目をまっとうせんとするのだ。

柳之助は、たばかられても尚《なお》、おふみが憎めなかった。

おふみとて自分がしていることは罪であるとわかっているはずだ。それでも柳之助を騙《だま》したのは、彼女なりの意志があり、組織に助けられたこともあり、その恩義があるのだろう。

——だが、覚悟を持って手先となったのならば、町同心としておふみを捕え、裁かねばなるまい。

そこに斟酌《しんしゃく》の余地はない。

その決意が柳之助の胸を締めつけるのであった。

（三）

南町奉行・筒井和泉守政憲《つついいずみのかみまさのり》は、若年の頃から学問優秀の誉《ほまれ》が高く、町奉行は文政《ぶんせい》四年（一八二一）から二十年にわたって務めた。

在任中は名奉行として町人達から敬愛されたのだが、いつもの隠密廻り同心・芦川柳之助の報告に当っては、厳しい表情を崩さなかった。

「外山壮三郎から、あらましは聞いておる。志士を気取る者共が徒党を組んで、世直しの名の下《もと》に盗人《ぬすっと》の真似《まね》ごとをしているというのじゃな」

「そのようにございます」

「して、次の狙いは三雲丹波守《みくもたんばのかみ》と申すか」

「ははッ」

「なるほどのう。彼《か》の御仁は素行の悪さが、いよいよ外に洩《も》れ始めた。かねてより己が権勢を用いて、私腹を肥やしているとな」

「連中が的にしたくなる相手かと存じます」

「北村東悦の蔵を荒らし、味をしめたか」

「今、奴らは士気が上がっております。三雲家の屋敷へ攻め入ることも考えられましょう」

「高家の屋敷に町方は踏み込めぬ。打ち捨てておけばよい」

　和泉守はさらりと言った。

「されど……」

「そなたの言うことはわかる。奴らは江戸に巧みに潜伏していて神出鬼没。三雲屋敷で待ち構えて一網打尽にするのが何よりじゃと申すのだな」

「奴らは、まさか高家《こうけ》の屋敷を襲うまいという油断を衝いてくるのではないかと思われてなりませぬ」

「三雲家はあれでも代々の旗本で武家の名族。いざという時のために、日頃から備えを固めているはずじゃ。我ら町方が出張るまでもなかろう」

緊急の折に、三雲家に加勢したとてお叱りは受けぬであろうが、そこまでして三雲丹波守を守ってやらねばならぬ義理はない。

和泉守はそう言いたいのであろう。

本橋道四郎を捕えたが、あからさまな横槍《よこやり》を入れてきて解き放させた丹波守の非礼に対して、和泉守は内心、

――己が身に災いが降りかかると思い知るがよい。

と、わだかまりを持っている。

和泉守ならば、そのような恨みや憎しみを一旦外へ追いやって、志士気取りの連中をどうあっても捕えてやるという正義感が勝ると思ったのだが、やはり丹波守を許せぬらしい。

丹波守が自邸で襲われて命を落したとしても、

――かえって公儀の風通しがよくなろう。

というところであるし、同じ想いの重役達も多いのであろう。

奉行所の中でも、古参与力の中島嘉兵衛《なかじまかへえ》などは、〝政道塾〟の一党が、三雲丹波守の外出《そとで》を狙って襲撃を企《たくら》んでいることがあったとしても、屋敷を狙うはずがないと高を括《くく》っている。

「さすがの三雲様も、本橋が殺されたゆえに、外出は一切控えているそうな。我らもこれで楽になろう」

と言うのだ。

和泉守は厳しい表情を崩さず、

「外山壮三郎には、日々見廻りをしっかりとして、三雲屋敷の周りは特に気をつけるよう申し付けてある。柳之助……」

「ははッ……」

「町方は町方の役どころがある。まずは〝政道塾〟の塾長であった松尾槌太郎、その弟子の米川一秋、さらに行方をくらましたという絵師と百姓の倅《せがれ》の探索に当るがよい」

そのように申し付けたのであった。

(四)

「このところ、柳之助は何やら浮かぬ顔をしていますねえ」

八丁堀の組屋敷では、芦川柳之助の母・夏枝《なつえ》が思案顔で夕餉《ゆうげ》の膳についていた。

奉行への上申があると、張り切っていた柳之助であるが、屋敷へ戻ってくると、夏枝へ挨拶をすませ、またすぐに、

「ちと調べものがございまして……」

と、自室に籠ってしまったのである。

夏枝の給仕をするお花《はな》は、

「旦那様はおやさしいお方でございますから、色々とやり切れないことがあるのでございましょう」

元気な声で応える。

明るい物言いが、どんな時でも嫌な気配を吹きとばしてくれるとお花は思っている。

「なるほど、隠密廻りとなれば、世の中の陰をいやというほど見てしまうのでしょうねえ」

そして夏枝はお花の勢いに、いつも納得させられてしまうのだ。

柳之助の父親は定町廻り《じょうまちまわ》りで、芦川家は今まで隠密廻りを務めたことはなかった。

それゆえに、隠密廻りとはこのようなものかと捉えてはいるが、このところの芦川家の中は慌《あわただ》しい。

御用聞きや密偵が次々とやって来るし、今は帰宅した柳之助について奥へ入った嫁

の千秋は、

「母上、いたりませぬことを、お許しくださりませ」

と、夏枝に詫びながら特に忙しくしている。

共に食事をとることもほとんどなく、

「わたしは後ですましますので……」

お花に給仕を託す日々が続いていた。

「千秋殿は、きっちりと御膳をいただいているのですかねえ」

夏枝は、千秋の正体を知るだけに、息子の隠密廻りの仕事をそっと支えてくれているこの嫁を、

「よい女《ひと》に来てもらいました」

と、ありがたがっている。

まだ二十歳《はたち》前で瑞々《みずみず》しく、ふくよかな若妻は、屋敷内にいるだけで周囲を華やかにしてくれる。

それが、食べる物も食べず、柳之助の世話をするばかりでは姑《しゅうとめ》としては心苦しい。

「大丈夫なのですか？」

と、このような折はお花に問わずにはいられなくなるのである。

「忙しくされるのが、ご新造《しんぞう》様の道楽のようなものでございますから」

お花はことともなげに言った。

〝善喜堂《ぜんきどう》〟にいる頃から、千秋は常に体を動かしていないと落ち着かないのだと説明すると、

「そうですか。そうして体を鍛えているのでしょうねえ」

夏枝はまた納得した。

非常時はあまり物を食べぬのが、〝将軍家影武芸指南役〟である父・善右衛門《ぜんえもん》の教えであったのは確かであった。

満腹は気の緩みを生む。

といって、腹が減ると気が立って冷静さを失うこともある。

上手に少しずつ胃の中に滋養のある物を入れるのが大事であると善右衛門は、〝善喜堂〟の者達に説いた。

千秋は今、その術《すべ》を思い出しながら、日々の幸せに肉置《ししお》き豊かになる自分の体を引き締めているのだ。

過日、柳之助が大盗・竜巻の嵩兵衛《こうべえ》の捕縛に向かった折は、〝将軍家影武芸指南役〟の娘としての意地をかけて、夫の助太刀をしたのだが、いざ戦うとなると、塀に

挟まってしまった負の思い出が蘇《よみがえ》った。

そこから脱するには、痩せて体を引き締めるしかなかった。

少し痩せたところで、千秋の武芸に変わりがあるはずもなかったのだが、あの塀の隙間を駆け抜けられるかどうかが、己が安堵《あんど》の尺度になっていたのだ。

千秋が義母・夏枝の前で食事をしないようにしているのは、心配をかけたくないからだ。

一度の食事の量を極力少なくし、合間に〝善喜堂〟秘伝の丸薬を飲む。

日常の動作は、どんな時でも五体に力を漲《みなぎ》らせ、体を引き締める。少しの暇があれば、駆け、飛び、重い物を持ち上げる——。

千秋は姑に隠れて、痩せていたのである。

お花はその行動を、

「さすがは千秋様」

と、称《たた》えながら千秋の夏枝に対する気遣いを理解して、夏枝を安心させるのであった。

千秋にとっては、この辺りの呼吸がわかるお花がおらねば、どうにもならないのだ。

しかし、柳之助は何もかもが切なかった。

役人はやさしくあらねばならぬと信じて生きてきたが、それを上手くあしらわれて、うっかりと相手の術中にはまってしまった自分が情けない。

それを妻に気遣われて、ふくよかな自分好みの千秋は、夫の一大事とばかり、今また痩せようとしている。

そういうやるせなさを怒りに変えて、〝政道塾〟の一党と戦わんとすれど、敵はかすかに姿を覗かせてはいるが、本橋道四郎の襲撃者一人を捕えただけしか成果はあがっていない。

その一人は、自害して果てた免田万次郎なる塾生なのだが、今の柳之助には知る由もない。

――奴らはきっと、三雲丹波守を襲うはずだ。

柳之助はそれを確信していた。

何よりも三雲丹波守は、不祥事を掘り返されては困るからであろう。奉行所の関与を拒み続けている。

本橋道四郎を奪い返し、屋敷に留め置くつもりが、その道中に本橋は殺されてしまった。

通常であれば、

「当家が合力いたすゆえ、不届き者を何としてでも捕えてもらいたい」

と申し出て、そのかわり屋敷の周囲の警固を徹底するよう要請するであろう。

それをしないのは、丹波守がよほど体裁を大事にしたいからだ。

高家としての威厳を保ちたいのであれば、そもそも本橋道四郎などを出入りさせなければよいのだが、色に走るとあらゆるたしなみを忘れてしまうらしい。

権威は保ちたいが、その中身は空っぽの御前様が、三雲丹波守である。

屋敷の門さえぴたりと閉じておけば、賊が押し込んでくるはずはないと考えている。

赤穂《あこう》浪士の討ち入り以来、高家の屋敷へ押し入った暴徒はいない。

あの折、吉良上野介《きらこうずけのすけ》は、まさか浪士達が徒党を組んで、襲ってくるとは思わなかったはずだ。

思いはしなかったが、もしものために、警固の士を置いていた。

丹波守は、襲ってくるとは思ってもいないし、備えを固めようとしている気配もない。

今の文化《ぶんか》、文政の世に、起こりえないことと高を括っているのだ。

憂国の士達は、その辺りのことを見極めているであろう。

己が配下に危険を冒させてまで、丹波守を守ってやろうという役人がいないこともわかっているはずだ。

町奉行も、火付盗賊改《ひつけとうぞくあらため》も、頼まれてもいない警固はしたくない。

自分達が出ていくと都合が悪いというのなら、こちらも端《はな》から出張るつもりなどさらさらない。

志士達は暴徒であるが、

——手出しはいたさぬゆえ、あの欲に呆《ほう》けた男を存分に弄《もてあそ》んでやるがよい。

そんな想いにさえなっているのは、柳之助に、筒井和泉守が、

「高家の屋敷に町方は踏み込めぬ。打ち捨てておけばよい」

さらりと言ってのけたのを見ても頷ける。

それがわかっているはずだ。必ず何か行動を起こそう。

——だが、御奉行に逆《さか》ってまで、奴らと渡り合う謂《いわ》れもない。

言われた通りに、まず〝政道塾〟の者達が、今どこでどうしているのかを、ひとつずつ調べるべきなのであろう。

そんなことを考えていると、柳之助は己が無力を思い知らされた。

着替えをすます間も、溜息《ためいき》ばかりついている柳之助を見ていると、千秋はだんだんと哀《かな》しくなってきた。

そんな愛妻の心の動きがわからぬ柳之助ではない。

「千秋、すまぬな。嘆いてばかりいる旦那など、煩わしいばかりだな……」

甲斐甲斐しく寄り添う千秋に、自嘲気味に言った。

千秋はたちまち満面に笑みを浮かべて、

「煩わしいなどと、とんでもないことです。旦那様のおやさしさが手に取るようにわかって、わたしはまた惚れ直していたところです」

町の女房のような、歯切れのよさで応えた。

「やさしさが手に取るように？」

「はい。わたしにはわかります。旦那様は人への思いやりが強いから、あれこれとお嘆きになっているのです」

「ふふふ、思いやりというよりも、勝手な思い込みというものだな」

「何だって好《よ》いですよう。おふみという女については、いっぱいくわされたという怒りよりも、何故《なぜ》そんなことをしなければならなかったのか、そこに辛《つら》い昔を覗き見て、哀しくなるのですね」

千秋の言う通りであったが、そうだと頷けるほど柳之助もおめでたくはない。苦笑いで聞いていると、

「三雲丹波守のような頭にくる野郎は、うっちゃっておけば好い。だが、もしも屋敷を襲うようなことになれば、人の血が流れる。三雲の家来達も、馬鹿な御主のために命がけで戦わねばならないのは不憫《ふびん》だ……。旦那様はそんなことにまで気が回るから、嘆いてばかりになるのですよ」

と、千秋は続ける。

「正しくその通りかもしれねえなあ、まったくおれは甘口のお人よしだよう」

柳之助はつくづくそう思った。千秋と話していると、気持ちが和らいできた。

「甘口のお人よしなのに、いざとなったら、誰が何と言おうが、自分の心に逆らわずに前へ進む……。わたしはそういう旦那様に、どこまでもついていこうと思っているのですよ」

「千秋……」

「はい……」

「あの馬鹿野郎、何を脂下《やにさ》がってやがると誰に笑われても好《い》いや。お前はおれに惚れ直したと言ったが、おれはもっとお前に惚れているよ！」

柳之助は千秋を抱きしめた。

すると、自分は何を思い悩んでいるのだろうと、笑いが込みあげてきた。

「千秋、お前のお蔭《かげ》で元気が出たぜ……。だが……、あまり痩せねえでくれよな……」

そして、千秋のふくよかさを思ってしかめっ面をするのであった。

（五）

松屋槌太郎の父親は、東北の小さな大名家に百石取りの勘定組頭として仕えていた。

槌太郎は子供の時から文武に優れ、将来を有望視されたが、野心家であった父と槌太郎が合わさると、何かよからぬことを企むのではないかと、重役達は恐れ始めた。

百石ばかりの家来なら、三百石に取り立てて御家《おいえ》のために働かせてみようと思えばよいものを、それを恐れるのが保身しか能のない者達である。

槌太郎が出仕する頃に、父は勘定方での不正を問われて致仕《ちし》することになる。

こんな取るに足りぬ田舎大名に仕えていたとて何になるだろう――。

槌太郎は、父が亡くなると江戸へ出て、父が遺《のこ》した金銭をもって文武に励み、たちまち儒者、軍学者として頭角を現した。

彼は予々《かねがね》武家の理不尽を憂えていた。器量のない者が世襲によって重職につき、政《まつりごと》に参与するのは民の困苦を招くだけである。

何よりも権勢をよいことに、私腹を肥やし、人を人とも思わぬ態度で享楽に耽《ふけ》る者ほど性質の悪い者はない。

これが改まらぬ世ならば、武をもってでも暴君を排除しなければなるまい。

槌太郎の憂国の想いは、一部の若い浪人達から熱狂的に受け容《い》れられることとなった。

市井の陰に隠れつつ、自分達の過激ともいえる信念を貫くと決めた時は、意識が激しく昂揚《こうよう》した。

昨日まで罪無き者を弄んで、己が権勢に傲《おご》っていた男が、今日は呆気《あっけ》ない最期を遂げて、周囲の者が救われる——。

それをまのあたりにした時の快感は、えも言われぬものであった。

かつての塾生達は、皆一様に腕が立ち、智恵がある。

彼らが動けば、お上の目を眩《くら》ませて揺るぎのない活動が出来た。

そしていよいよ、槌太郎は人生の大勝負に出た。

件の船宿に、志士達を集結させて、戦いに臨もうとしていた。

狙う相手は、やはり三雲丹波守であった。

「我が同志よ。これまでの奮闘、感に堪《た》えぬ想いでござる。女子供の生き血を吸う悪者共は、ことごとく我らの手で天誅を与えてやった。これで命を奪われた娘、未《いま》だ行方知れずとなったままでいる娘達の仇は我らが討ったことになるが、まだ一人だけのうのうと暮らしているたわけ者がいる。高家の三雲丹波守だ。こ奴は以前から屋敷内にかどわかした娘を連れ込んでいて、そのうちの一人が体を縛られたのが災いして命を落したという……」

槌太郎は、三雲丹波守の罪を糾断した。

彼の前には、米川一秋、沼田平左衛門、矢代権右衛門達塾生が居並んでいた。

その中には、彦右衛門と仁助を雑木林で見たと証言した絵師と、勘当を受けた百姓の息子の姿もあった。

松尾一党は、奉行所の情報を探り出すほどにしたたかであったが、以前から塾生の数人が渡り中間となって、方々の屋敷の奉公人達と誼《よし》みを通じ、丹波守が歪《ゆが》んだ性癖の持ち主であり、屋敷に連れ込んだ娘をそれが因《もと》で死なせてしまったこと、金蔵には方々から強請《ゆす》り取ったに等しい賂《まいない》が眠っているなどという情報を仕入れていた。

そもそも文武に秀でた武士の集まりである。地下に潜《もぐ》りつつも、彼らは着実に組織としての実力を高めていたのである。

「こ奴もまた生かしてはおけぬ。だが、高家を殺すのは容易《たやす》くない。我らの犠牲もまたはかり知れぬ。そこでだ。まず三雲屋敷へ押し入って、蔵を荒らし、あ奴が貯《た》め込んだ金を奪い取ってやろうではないか」

槌太郎は言葉に力を込めた。

三雲屋敷を荒らし、丹波守の悪事を世間にさらしてやれば、財力と名声を失った丹波守は、腹を切らねばなるまい。

自らの手を汚さずとも、哀れな娘達の仇は討てる。

そうして〝政道塾〟は、〝世直し党〟と名を変え、三雲屋敷にその旗を高々とあげて姿を消す。

しばらくはまた潜伏の日々を送り、時を待ち、再び正義の戦いをおこすのだ。

その時までは、これまで奪った金で暮らす。

新たな組織作りをして、武器を調達するだけの軍資金はあるのだ。

「正々堂々と、表門を破って攻め入るわけにはいかぬが、奴らはまさか我らが高家の屋敷に攻め込むとは思うておるまい。その油断を衝いてやろう。これほど痛快なことはない。わたしに皆の命を預けてくれぬか」

一同は一斉に畏まって、同意を叫んだ。

しかし、隅で聞いていたおふみだけは、首を傾《かし》げていた。

おふみは、自分の言うことなど聞き入れてもらえるわけはないと諦めていたし、女達は屋敷荒らしには加わらぬことになっているので沈黙を貫いたが、

「先生、つまるところ、我らは丹波守の命を奪う力を、盗みの方に使うということでございましょうか」

矢代がそのような声をあげた。

「不足か？」

槌太郎は矢代に不快な目を向けた。

今の槌太郎にとって塾生は、自分のすることに黙って命がけで付合ってくれる兵士でなければならないのだ。

「我らは盗人ではございませぬ。三雲屋敷を攻めるならば、表門を破って押し入るのは無理だとしても、方々から忍び入り、まず丹波守の首を挙げることこそ正義の戦と存じまする」

矢代の言うことはまったくの正論であった。

免田万次郎は戦いの中打ち倒され、縄目を恥じて自害して果てた。

だがその死も、本橋道四郎を討ち取ったゆえに浮かばれよう。

「矢代の申すことはもっともだ」

槌太郎は不快な目をすぐに和らげた。

「わたしはそういう意見が出たことを喜ばしく思う。だが、これは戦だ。勝たねばならぬ。ただ勇を誇り、闇雲に敵の大将に突撃したとて、負けては何にもならぬ。三雲丹波守を生かしておいたとて、奴はその償いを身をもってさせられるであろう。ひと思いに殺してしまうより、我らも心が晴れるはずだ」

怒らずに相手を説くだけの冷静さを槌太郎は持っている。

こう言われると、矢代も二の句を継げず、口ごもった。

すると、すかさず米川一秋が、

「矢代、気が進まぬのならば、おぬしはこの度の戦からは外れたらどうだ。松尾先生とて無理強いはなされまい。某《それがし》とて、おぬしに盗人と同じに見られては傍ら痛い。古来、合戦というは、相手方の所領を奪い、その富を奪うものだ。そうして国を富ませ、兵を養う。戦に負けた方は、放っておいても滅んでいくというものだ。そうではないか？」

一秋はさすがに槌太郎の高弟である。

若い武士達を牽引《けんいん》するだけの迫力を持ち合わせている。

沼田平左衛門達は、一秋の言葉に、神妙な面持ちで聞き入った。

こうなると、矢代は、

「三雲の蔵を荒らした後、某があのたわけ者を討ち取って御覧に入れましょう」

と、勇ましいことを言うしかなかった。

先日。

北村東悦を殺し、東悦の住処《すみか》から金品を奪った同志の一人が、他ならぬ矢代であった。

彼にしてみてもここで引くわけにはいかなかったのである。

その後は、十数人の同志達は何かにとり憑《つ》かれたかのような勢いで、三雲邸襲撃の計略に耳を傾けたのだ。

だが、相変わらずおふみだけは、槌太郎の弁説を冷めた目で見つめていたのである。

（六）

千秋、お花、三平――。

芦川家の三人は、柳之助の手先となって町へ出動していた。

誰か一人は必ず屋敷に残って、柳之助の母・夏枝の世話をするようにしていたのだが、

「わたしとて八丁堀で生まれ育った女です。いざという時の覚悟はできていますよ。柳之助のお役に立つ人は、わたしに構わず外へ出なさい。何日であろうが、わたしは一人でお屋敷を守ってみせます」

夏枝は亡夫が誂《あつら》えた丸形十手を手にして、大見得を切ると、三人を追い立てるように外へと送り出したのである。

千秋は感じ入って、

「行って参ります！」

と、勇んで外へ出たのだが、今のところ柳之助は、消えてしまった絵師や百姓の倅の行方を求めたら、おふみの汁粉屋に来ていた娘達を割り出し、情報を集めるという地道な調べに甘んじていて、千秋にはその出番がなかった。

それゆえ、日々姿を変えて、お花と共に小石川の三雲邸の周囲を見廻ることにした。

かつて千秋が身を投じた、反乱を企む若い武士達との戦いでは、連中が拠《よ》る向島の寮を急襲した。

物々しく武装した公儀の討伐隊が攻めると、連中は門を堅く閉ざし捨身となって、

反攻するであろう。

そうなってはやたらと目立つし、時を要するばかりであるから、攻撃をする御庭番の精鋭は、各自物売り、百姓などに変装し、千秋の潜入を合図に一気に攻め入るという策を立てたのだ。

それが相手の砦《とりで》を攻めるには、何よりの手段であろう。

〝政道塾〟の志士気取り達も、同じことを考えているのではあるまいか――。

千秋はそこに目を付けていたのだ。

だが、思いの外に、昼間の武家屋敷街は人通りが多かった。

そのうちの誰が怪しいかというと、なかなかに読み辛いし、敵はもう数年も影となって世直しの戦いに明け暮れている。

そう容易く尻尾《しっぽ》は出すまい。

これまでも、押し込み強盗にあって命を落した者、辻斬りに遭った者は江戸の方々にいた。

だがそれらをひとつの線で結び、世直しを叫ぶ者達の仕業と断ずることは出来なかった。

それがここへきて、彼らにとっての改革の闘争の規模が少しずつ大きくなってきた。

奉行所の定町廻り、臨時廻り、隠密周りの同心達の日頃からの努力が実を結び、ここで〝政道塾〟の一党が怪しいと、おぼろげながらも正体が見えてきた。

そして、連中の闘争のひとつの区切りが、三雲丹波守襲撃であるのかもしれない。

これは彼らにしてみれば大戦であり、これまでの成果を試す機会となる。

これを成功させれば、しばらく連中は次の戦いに向けて潜伏するのであろう。

「それでは何だな。何年かに一度、大きな盗みをしてのける、竜巻の嵩兵衛一味と変わらねえじゃあねえか」

千秋の叔父の勘兵衛《かんべえ》は事情を聞くと、大いに笑った。

小石川では収穫を得られず、千秋はお花を連れて、江戸橋の船宿〝よど屋〟に立ち寄った。

何か困ったことがあったり、気が落ち着かないことがあると、ここに勘兵衛を訪ねるのが何よりなのだ。

「考えてみればそうねえ……」

確かにしていることは同じかもしれない。

「でもね。本橋道四郎という悪い奴を襲った時は、銭金抜きで、わたし達に打ち倒された一人は、捕われの身になるのを嫌って自害して果てたのよ」

「なるほど、そういうところは、なかなかやるねえ。悪い奴から金品を奪うのは、悪い奴と戦うための軍資金にするためだから、まあそこは目をつむってやってくんねえ、てかい？」

「だからよけいに性質が悪いのですよ」

「うん、性質が悪いな」

勘兵衛は何度も頷いた。

「奉行所に任せていれば、その本橋って野郎は、高家の後ろ盾をもってお解き放ちだ。そこをがつんと命がけでやっちまうんだ。このことが広く世間に知られりゃあ、ようッ！　世直しの神様仏様！　下々の者は天に向かって手を合わせるだろうな」

「そうですよう。そうなったら、その神様仏様のために一肌脱ごうなんて思う人も出てくるでしょうよ」

「おれも乾分《こぶん》にしてもれえてえ、なんてよう」

「それをうちの旦那様は気にしていなさるのですよ」

「そりゃあそうだ。相手がどんなに悪い奴らでも、役人を出し抜いて殺しちまって、金をくすねて好いって法はねえ」

「はい」

「女を苛《いじ》める奴は許さねえ。それが連中の言い分なんだろうが、人の亭主に色仕掛けで近付けさせるってえのも気にくわねえな」

千秋の鼻がぴくっと動いた。

「確かに、うちの旦那様からあれこれ聞き出した汁粉屋の女将は、どうやら敵の回し者だったようですが、旦那様は色仕掛けにあったわけではありませんから」

「そうなのかい」

「当り前です！」

千秋はむきになった。横でお花は助け船を出そうとしたのだが、

「たとえ色仕掛けにあっていたとしても、それに気が付かないのが、旦那様でございますからね」

「お花！　うちの旦那様は馬鹿ではありません！」

「いや、そういうことには引っかからないと申し上げただけで」

千秋とお花は二人共、芦川柳之助を敬慕しているのだが、男としての捉え方が異なり、こういう時は必ずもめる。

「はははは、こいつは好い……」

勘兵衛はそれがおかしくて堪らない。

「叔父さん、そんなに笑うことはないでしょう」

怒りつつも、千秋はここにいると心が落ち着くようだ。

「お花は、芦川の旦那は、千秋の他にはまるで目がいかないと言いたいのだろ」

「左様にございます」

「千秋、好い簪《かんざし》をしているではないか。旦那にもらったのだな」

勘兵衛はこういうところ、よく気が付く。

千秋はたちまち顔を赤らめて、

「とにかく、わたしは敵がきっと三雲様のお屋敷を襲うと見ている旦那様のお考えは正しいと思っております」

と、話を元に戻した。

「おふみという女が、旦那様を町方同心だとわかった上で、あれこれ話を聞き出したのであれば、きっと今頃は胸を痛めていることでしょう。わたしは旦那様がおふみと話しているのをそっと見ておりましたが、おふみは旦那様と出会って、役人にもこんな好い人がいるのかと思い知らされたはず。わたしにはわかります」

千秋はしみじみと言った。

「そう考えると千秋、おふみはつくづく哀れな女だなあ」

「はい」

「悋気《りんき》も湧かねえかい？」

「気を揉みましたが、この簪を眺めると、ただただ気の毒な女だと思えてきますよ」

「そうかい、お前は好い女になったねえ」

勘兵衛はどこまでも千秋を誉《ほ》めてやりつつ、さてこのかわいい姪《めい》のために、何をしてやればよいかと、悪戯《いたずら》っぽく笑う目の奥に、鋭い光を点《とも》したのであった。

（七）

おふみは、同志達が市中へ散らばった後も、そのまま隠れ家の船宿に残っていた。

千秋が気遣っていたように、彼女は胸を痛めていた。

自分はここで何をしているのだろう。何を望みに生きてきたのだろう――。

その想いが押し寄せてきて、おふみを動けないほどにしているのだ。

親が遺した借金を言い立てられ、妹とはぐれてしまった上に、自分も崖から転がり落ちて瀕死の怪我《けが》を負った。

それを助けてくれたのが松尾槌太郎で、

「きっとお前の仇を討ってやろう」

と、親身になって言ってくれた。

それが嬉《うれ》しかったのと、妹に会えぬ寂しさを紛らせるために、おふみは槌太郎に甲斐甲斐しく傅《かしず》いた。

〝政道塾〟の講義をそっと聞ける楽しさは、おふみを教養豊かな女にしてくれた。

同志と呼ばれると嬉しかった。

この身内のためなら、何でも出来ると思った。

別れ別れとなった妹の死を知った時も、理不尽な目に遭って死んでいく弱い者のために戦うのだという想いによって乗り越えられた。

そして憎い仇の彦右衛門に再び巡り会えた。

こ奴を殺してやると、仲間達が怒ってくれたのは嬉しかった。

数人の同志達と、彦右衛門が若い娘をたぶらかして遊んでいる根岸の寮で待ち伏せ、ついに仕留めた。

おふみはこの時、彦右衛門に一刺しくれて恨みを晴らし、松尾槌太郎に改めて感謝した。

だが、そこからがどうもすっきりとしなかった。

彦右衛門からは彼が持っていた金を引き出し、こ奴の仲間であった北村東悦をも組織は闇に葬ってきた。

本橋道四郎、殺害の折。

おふみは、自分達がまだ知り得ぬ情報を、万屋竜三郎を名乗る男から聞き出すようにとの指令を受けた。

今まで、おふみが若い娘達の世話をしてきたことが実って、向こうの方から近付いてきたのがわかったからだ。

おふみは、自分を助けてくれた上に、妹の仇まで討ってくれた組織のためになるならと、本橋の名と本橋が三雲家に身を寄せることと、その日程を上手く聞き出した。

松尾槌太郎は大いに喜んでくれた。

「わたしに恩義を覚えてくれているなら、こ度の一件で何もかも返したと思えばよいぞ」

そう言われると肩の荷が下りた気がした。

これまでも深川の遊里に芸者となって潜入したり、自分なりに恩を返してきたつもりであったが、ずっと言い知れぬ不安が胸に渦巻いていたのだ。

しかし、自分が動いたことで、本橋の襲撃に加わった免田万次郎が死んでしまった。

免田は血気盛んであったが、心根の優しい男で、いつも弱い者の味方であった。世の理不尽に立ち向かわんとして、才気がありながら陰に回って体制を打破せんとする松尾槌太郎に憧れ、どこまでもついていこうとしていた。

そして敵の手に落ちて迷惑をかけるなら死を選ぶという意志を貫いたのだ。

当然、槌太郎は免田の死を悼んだ。

しかしそれは、おふみが頭に思い描いていた姿ではなかった。

どうもよそよそしく、通り一遍な気がしたのである。

沼田平左衛門は、

「先生は胸の内で泣いておいでなのだ。これから大戦を始めようという時に、悲しんでばかりいては大将は務まらぬからな」

そのように言った上で、

「免田の死は決して無駄にはしない。おれも奴のあとに続くぞ」

戦意を昂揚《こうよう》させていた。

塾生達は純真なゆえに、弱者はいつも酷い目に遭う世の理不尽に怒っている。

その想いはよくわかるが、深川の遊里に潜伏したおふみは、そこで世の中を知った。

悪い人だと思っていた男が、意外なところで、やさしさと正義を見せたり、よい人だと思っていたのが、ただ思い込みが強いだけの小心者であったり、人や物ごとは割り切って考えられるものではない。

ひとつの方向から世間を見ていると、道を踏み外すこともあるのだ。

おふみは妹の仇を討った後、心の内に眠っていた、そんな物ごとへの想いが、次第に浮かんでくるようになった。

そして皮肉にも、芦川柳之助という町同心と話していると、何故か後ろめたさが湧いてきて、大恩ある松尾槌太郎が別人のように見えてきたのだ。

だがさすがは槌太郎である。おふみの心の内に生じた小さな変化も見逃さず、

「おふみ、お前はあの同心に惚れたか……」

と、問うてきた。

おふみはそれを否定したが、槌太郎のその言葉が、かえっておふみの心を惑わせた。

——そうかもしれない。

深川にいた頃に、情を交わした男もいた。

しかしそれは深川の女に成り切るための方便のようなもので、相手に好意を抱いたとて、真の恋ではなかったのだが、

——あの旦那の心根のよさは、理屈抜きに胸に突き刺さる。

それが恋ではないのか。

いや、そんなはずはない。

あれこれと想いが堂々巡りする。

——馬鹿な話だ。

おふみは既に何度も法を犯している。

騙した役人に恋をしてどうするのだ。

近々、大戦が始まることが決まっている。

おふみは当面の間、この船宿に潜伏し、指令を待つしか道はないのだ。

だが、もうすぐにでもこの場から離れてしまいたい。

今はっきりと言える。松尾槌太郎は、かつて自分を助けてくれた時の、世直しに生きる純粋な心を持った先生ではない。己が野望を果すためには手段を選ばぬ冷徹な男になってしまっている。

——先生に願い出て、旅に出してもらおう。

このまま江戸にいれば、芦川柳之助に会って、詫《わ》びたくなってくる。

幸い槌太郎は、右腕の米川一秋とまだ船宿に残っている。

軍議の後、二人は台所に籠ってあれこれ策を立てているようだ。

——ひとまず話してみよう。

おふみは庭から廻って、そっと台所に歩みを進めた。堂々と台所に入っていって、己が望みを伝えるのは気が引けた。

長い間の影働きで、おふみの忍び足はいつしかよく身についていた。

それが彼女にとって災いした。

「とにかく、そなたとわたしで金を持ち去りさえすれば、この勝負は我らの勝ちだ」

槌太郎の声に続いて、

「同志達は、先生をお逃がしするためなら、命をかけて追手を防ぎましょう」

一秋の声がした。

それから二人のやり取りが少しばかり続いたが、おふみには聞くに堪《た》えぬもので、思わずその場に立ち竦《すく》んでしまった。

「そこにいるのは誰だ？」

だが、衝撃が彼女の気配を立たせてしまったようだ。一秋の厳しい声が届いた。

おふみは臆せず戸を開けて、

「ふみでございます。何かご用はないかと思いまして」

平静を装った。

「ふふふ、おふみも退屈と見える。またあれこれ頼みたいこともできよう。今はゆっくりとして、中の用事を手伝っていてくれたらよいのだ」

槌太郎はにこやかに応えたが、目の奥に動揺が浮かんでいるのがおふみにはわかった。

（八）

「先生は、やはり変改なされた……」

その翌夕。

おふみは、行徳《ぎょうとく》河岸にある酒屋へ使いに出ていた。

船宿の女将から、借りたままになっている酒代を払ってきてくれと頼まれたのだ。

その酒は灘《なだ》の下り酒で、松尾槌太郎の好物であった。

三雲邸攻めの時が迫ってきたゆえ、払っておかねば気にかかるのであろうか。

俄《にわか》に使いを頼まれたのである。

女将はおうたという三十絡みの女で、その過去はまったくわからないが、彼女もまた十年くらい前に困っているところを松尾槌太郎に助けられて情婦となった。

一党のために働き、隠れ家である船宿を任されるようになった。首領の女となれば、それだけ権勢を得られるはずだが、おうたはそんな気配は噯《おくび》にも出さず、ただ淡々と船宿の女将を実に楽しそうに務めている。

槌太郎の企みなどは一切知らぬ聞かぬを通しているゆえにそれが出来るのだが、

──そこがなかなかしたたかだ。

と、おふみは思っている。

いざとなれば隠れ家は役人達の手入れを受けるであろうが、おうたはどこまでも、何ひとつ知らない体《てい》になっているので、罪に問われても死罪までにはならぬであろう。

それが槌太郎のおうたへの何よりの情なのかもしれない。

そもそもあの時に命を落としていた女だから──。

おうたは心の内で自分に言い聞かせながら、どこか投げ槍な想いを日々の忙しさで紛らせながら生きているのであろう。

──だが自分は、ああは生きられない。

妹を酷い目に遭わせた彦右衛門を殺してやろうと思った時から、影となって生きねばならなかったのだ。

──わたしはもう、松尾先生にはついていけない。

おふみは、槌太郎と一秋が台所で話していたのを聞いてしまったことを悔やんだ。

三雲邸を襲撃するのは今宵《こよい》と決まっていた。

各々が変装して、三雲邸の周囲を歩き、忍び込むという。

邸内に入れば、まず金蔵を襲う。

こういう日がくると想定して、一党は錠前破りの名手を養成していた。

そして火薬の扱いに長《た》けた名手もいるゆえ、いざとなればこれで蔵の扉を破壊するらしい。

錠前破りの腕も火薬調合の腕も、古《いにしえ》の城攻めには必要な兵の一人であると、軍学者・松尾槌太郎に教え込まれているゆえ、志士達は盗賊になる後ろめたさがなかった。

歯向かう者がいれば斬り立てる。どうせ三雲丹波守は慌てふためいてどこかへ隠れるであろう。

これを深追いせず、屋敷を荒らすだけ荒らして、〝世直し党〟の旗を方々に立てて、財宝を奪って去るのだ。

しかし、外へ出れば騒ぎに気付いた奉行所の手の者達が駆け付けるであろう。

激闘になるだろうが、

「まず弟子達が、わたしを一秋に託して船に乗せ、捨て石となるだろう」

「そして、わたしと先生が宝船に乗って逃げるのですな」

「奴らのお蔭で、我らは大金を得て、また戦いの日が来るまで、牙を研ぎ、爪を磨くのだ」

「戦いの日はいつ来るのでございましょうな」

「さて、それはわからぬな」

「金との戦いが長引きますゆえに」

槌太郎は、弟子達に身を守らせて一秋と共に逃げるつもりなのだ。

また集まって新たなる戦いに臨もうなどと言いながら、自分達二人だけが金を手に入れ、悠々自適に暮らしながら、余生を送るつもりなのだ。

世直しを思ったこともあったが、所詮世の中を変えることなど出来ぬ。

それなら、悪者を退治して得た金で、残りの人生は楽なものとしたい。

槌太郎はそう考えているのだ。

槌太郎と一秋が意図的に塾生達を捨て石にして、その犠牲をもって宝を得ようと企んでいる――。

おふみは二人の意図を知ってしまったのだ。

あの場は取り繕ったが、命をかけて先生を守り己が一念を遂げんとする塾生達のことを思うと、おふみは許せない想いに胸が張り裂けそうになった。

酒屋で払いを済ませると、おふみはふらふらと、箱崎《はこざき》橋を渡り、さらに湊《みなと》橋を渡っていた。そこからさらに西へと進み霊岸《れいがん》橋を渡れば、日本橋川沿いに大番屋がある。

そこへ駆け込んで、今宵巻き起こるはずの騒動を、洗い浚《ざら》いぶちまけてやろうか。

そこから八丁堀は目と鼻の先だ。

——芦川柳之助の旦那を呼んでもらえば。

そんな想いが、込み上げてきたのだ。

今なら自分を慕い、何くれとなく庇ってくれた同志達の命が助かるかもしれない。

——あの旦那なら。

その想いが彼女の足をひとりでに進ませていた。

しかし、橋の上で一人の武士に呼び止められた。

「その先は大番屋だぞ」

武士は米川一秋であった。

「はい。おかしな動きをしているようなので、ちょいと探っておこうかと……」

おふみは平然として応えたが、内心ほぞをかんだ。

酒屋への使いは、松尾槌太郎がおふみの心の動きを読んで試したのであった。

「少しでも不審な動きを見せたら斬れ」

それが一秋への命であったのに違いない。

船宿で始末しなかったのは、まだ使い途《みち》がありそうなおふみを惜しんでのことであろう。

「ほう……、大番屋を探りにのう……」

一秋からおびただしい殺気が放たれた。

周囲に人はいない。

おふみは、にっこりとして一秋を見ると、意表をついて駆け出した。

「おのれ……！」

一秋にも抜かりはない。たちまち橋の袂《たもと》で追い付いて、抜き打ちに一刀をくれた。

おふみにも武芸の心得はあったが、かわし切れずにそのまま川へ落ちて、水面《みなも》はたちまち赤い血で染まったのであった。

（九）

その日、芦川柳之助が見廻りを終えて組屋敷に戻ったのは、暮六つの頃であっただろうか。

帰ったとほぼ同時に、大番屋の番人が駆けつけて、

「旦那、ちょいとお耳に入れておきてえことがございまして……」

言い辛そうな顔をする。

「遠慮する者があるか。どんな小さなことでも、教えてくんな」

こういうところは誰にでもやさしい柳之助である。まずそう言って話し易《やす》くしてやると、

「へい。ちょいと前に近くの岸に、女が倒れておりましてね。まだ息があったので番屋へ運んだところ、旦那の名を呼ぶのでございますよ」

番人は一気に吐き出した。

「女が？　名は？」

「おふみと……」

「すぐに行くぜ！」

柳之助は、番人が驚くほどの大きな声で応えると、三平を連れてとび出した。

大番屋には小半刻もかからないが、駆けつつ聞くと、背中からばっさりと斬られていて、川へ落ちたが何とか岸に這《は》い上がりそこで力尽きたらしい。

──死ぬんじゃあねえぞ。

大番屋へ駆け込むと、板間に女が一人寝かされていた。

髪は濡《ぬ》れそぼり、顔は真っ青で血の気がなかったが、確かにおふみであった。

習い覚えた武芸のお蔭で、僅かに米川一秋の一刀を、致命傷にならぬ程度にかわすことが出来た。

だが、深傷《ふかで》を負い冬の夜に川へ落ちたのである。女の体の力はたちまち衰え、ここまで辿り着いたのが奇跡といえよう。

「おふみ！」

「だ、旦那……」

「詫びるな！　お前にも色々あったのだろう。わかっているから、お前をこんな目に遭わせた野郎の名を言え。仇を討ってやるからよう」

柳之助の真心に、おふみの目から涙が溢《あふ》れ出した。

──そうだ。わたしはこの旦那に恋をしていたのだ。

その想いがおふみに力を与えた。

「松尾槌太郎……、米川一秋……」

「松尾槌太郎、米川一秋だな」

「今じゃあ、ただの盗人に成り下がりました……」

「それで、奴らはもしや三雲様のお屋敷を？」

「お察しの通り、今宵のうちに……」

「何だと……？　今宵だな……」

「あい……」

「でかしたぞ。よく知らせてくれたなあ」

「旦那……」

「何だ……」

「今度、一杯飲みに、連れていっておくんなさい……」

「ああ、きっと連れて行ってやるよう」

柳之助は、氷のように冷たいおふみの手を取った。

「嬉しい……」

「だからおふみ、死ぬんじゃあねえぞ。生きていりゃあ、好いこともあるさ」

「好いことが……。ありますかねえ……」

おふみは実に幸せそうな表情を浮かべたまま息絶えた。

「おふみ……！　よくもいっぺえくわしやがったな……。だが、そいつはもう帳消しだよ。ふふふ、お前は罪人じゃあねえよ……」

大番屋の表には、千秋、お花、三平、九平次がいて、そっと様子を窺《うかが》っている。

千秋とお花は男装の美しい若衆姿で、その容《かんばせ》を笠《かさ》で隠している。

「行くぜ！」

柳之助は駆け出した。千秋とお花がこれに従う。

三平と九平次は、別の道へとそれぞれ駆ける。これは予《かね》てからの手はず通り。

奉行・筒井和泉守からは、三雲屋敷など捨て置けばよいと言われていたが、隠密廻りとして、いつでも戦闘がおこれば身を投じるつもりでいた柳之助であった。

だが、日々三雲屋敷に張り付いているわけにはいかなかった。その苛立ちをおふみは晴らしてくれた。それでも急な知らせとなれば方々に問い合わせている暇はない。

屋敷の外ならば、日頃注意を怠らぬ外山壮三郎がやがて駆けつけて、加勢してくれるであろう。

とはいえ、相手が大勢となれば、一丸となって突破せんとも限らない。

「千秋、お花、おれ達は罪なき三雲家の家中の者達が、馬鹿な御主のために命を落すことのないように、助けてやるのが本意と心得ろ」

そして、少しでも邸内から逃げ出す敵の数を減らすために戦うのだ。

それによって命の危険にさらされるであろうが、それは同心の妻と奉公人となった因果と諦めてくれ——。

千秋とお花は、そういう柳之助の覚悟と、自分達への信頼が嬉しいのである。

その頃。

小石川の三雲丹波守邸は、いつもと変わらぬ静けさに包まれていた。

もっとも、主の丹波守は無聊《ぶりよう》を託《かこ》ち、何かというと周りの者に当り散らしていた。

本橋道四郎が、三雲家家中の同道の下に殺害されたのだ。少しは慎ましやかにすればよいものを、喉元過ぎればの喩《たと》えのごとく、自分の闇を知っている本橋が殺されたのだから、何憚《はばか》ることもない。

「どこぞから女共を呼べぬのか」

早くもそんな話をしている。

ましてや丹波守は、好き者仲間の北村東悦と催す座興が過ぎて娘を一人死なせている。

蔵をひっくり返せば、乱痴気騒ぎが高家の屋敷内で行われていた形跡があれこれ出てこようが、己が屋敷を賊が荒らすなど、まったく考えてもいなかった。

「どれも見飽きた顔ばかりだが、まず仕方あるまい」

この夜は奥向きの女中に酌をさせて、したたか酔って寝てしまった。

一方、三雲邸の外には托鉢僧《たくはつそう》の一行が歩いていた。いずれかの大名家の荷駄の一行もその向かいからやって来た。

やがてそれがすれ違ったと思うと、托鉢僧と、荷駄の一行はその場で立ち止まり、長持《ながもち》の中からいくつかの小さな梯子《はしご》を素早く取り出し、これを繋ぎ合わせた。

すると梯子はたちまち大きな物となり、立てかけられた塀の上に、荷駄隊の小者達《こもの》が猿《ましら》のように駆け上り、内へと消えていった。

托鉢僧と荷駄の一行が、松尾槌太郎一党の変装であるのは言うまでもない。

三雲邸の中へ数人が消えると、人目につかぬうちに梯子はまた、元の大きさに戻され、やがて門の勝手口が内から開けられた。

邸内へと忍び込んだのは、沼田平左衛門、矢代権右衛門達四人。もう一つの長持に入っていた打刀を背に括《くく》り、白刃を振りかざし、門番をけ散らしたのだ。

松尾一党の中でも精鋭が押し入ったとはいえ、白刃を見た門番達は、その場を死守せずあっという間に逃げた。

拍子抜けする想いで、沼田、矢代達は門の内へと同志達を誘い入れた。

託鉢僧組、荷駄組は、一気に得物を手に三雲邸に突入すると、予てより当りをつけていた蔵へ攻め入った。

当りをつけるだけで十分である。慌てて出てきた家士に白刃を突きつければ、忠誠心のない者揃《ぞろ》いであるから何でも喋《しゃべ》る。

錠前に慣れた一人が蔵の鍵をたちまちのうちに開けてしまうと、松尾一党は蔵を荒らしまくった。

すると、銭箱が五千両分くらい見つかり、彼らは外へと運び出す。

松尾槌太郎と米川一秋は、騒ぎに乗じて邸内に入り、方々に〝世直し党〟〝天誅〟の旗を立て、手向かう家士を打ち倒した。

「寄らば斬る！」

槌太郎と一秋は抜刀した。本心では弟子達の犠牲の許、いち早く逃亡するつもりだが、高家の屋敷を荒らす一世一代の快感だけは、しっかりと味わっておきたかったのである。

既に丹波守は異変に気付いていたが、家士に守られ奥に籠って震えていた。

柳之助、千秋、お花が駆けつけたのはこの時であった。

三人は屋敷内が騒がしいのを察し、ためらうことなく、お花が塀に投げつけた鉤縄《かぎなわ》をよじ登り、人気のない裏手から忍び込んだのだ。

中では、さすがに賊徒の蹂躪《じゅうりん》を許しては武士の一分にかかわると、覚悟を決めた家士達が十数人の敵に立ち向かい、激闘となっていた。

「通りすがりの者にござる。助太刀いたす！」

柳之助は大音声で一声かけると、一瞬きょとんとする松尾一党に打ちかかった。

刀は刃引きにしてある。三人がかかると、たちまち松尾一党の二人がその場に倒れた。

三雲家家中も、〝忝《かたじけな》し〟とこれに勢い付く。

しかし、松尾一党には覚悟がある。〝死兵〟ほど強いものはない。槌太郎は一秋を含め十五名を率いていて、何かに取り憑かれたかのように剣を揮《ふる》うので、柳之助達は苦戦を強いられた。

一党は一丸となって、三雲邸を出ようとしていた。

外に出られると辛い。三平が外山壮三郎に急を伝えに行っているが、捕吏を集めて駆けつけるまでには暇がかかる。

それまで何とか食い止めねばならない。

ところが、荷車に略奪品を載せるや、一党は三雲家家中の士と、柳之助達を振り切り、屋敷の外へと駆け出した。

「待て！」

もはや通りすがりの三人しか戦っていない状態となっては防ぎようもなく、立ち塞がる敵に行手を阻まれ、柳之助は地団駄を踏んだ。

千秋とお花も突破を試《こころ》みるが思うに任せない。

「通りすがりの者にござる。助太刀いたす！」

すると、聞き覚えのある声がしたかと思うと、浪人風の三人組がどこから躍り込んできて、助太刀の助太刀をすると言う。

——喜一郎殿、来てくれたか！

千秋の危機と見てとって、兄・喜一郎が店の奉公人を二人連れて駆けつけてくれたのであった。

三平は外山壮三郎へ、九平次は〝善喜堂〟へ急を報《しら》せたのだ。

三人の実態は、〝将軍家影武芸指南役〟の世継ぎと、弟子である。その強さは尋常ではない。

群がる敵を押し返し、柳之助、千秋、お花に頷きかけた。

互いに通りすがりの武士である。一同は目礼を交わして別れた。

柳之助、千秋、お花は、一丸となって逃げる松尾一党のあとを追った。

どうせ川辺に舫《もや》った船に乗って逃亡を謀《はか》るのであろう。それまでが勝負だ。

松尾一党は既に十人もいなかったが、荷車を囲んで川辺へと駆けている。

その凄《すさ》まじさに、誰も近寄れない様子である。

――逃してなるものか。

柳之助、千秋は夫婦で追う。お花はこの二人の許で腕を揮うのが嬉しくてならない。

「来た……！」

湯島聖堂にさしかかったところで、外山壮三郎の一隊が駆けつけてくるのが見えた。

三人は無言の内に、外山隊と合流して松尾一党に追いついた。

たちまち激闘になったが、松尾一党の士気はますます旺盛で、身を挺《てい》して松尾槌太郎を米川一秋に托《たく》して戦った。

「そこまでして守るに値しない男だぞ！　目を覚ませ！」

柳之助は叫びながらその怒りを力に変えて戦った。

千秋とお花に守られてはいたが、彼もまた手傷をいくつも負っていたのだ。

壮三郎も奮戦したが、急拵《きゅうごしら》えで捕吏の人数が十分揃っていない。

神田川の落ち口への進行を許してしまった。

松尾一党は戦利品を船に積む。

そうはさせじと、追手がくらいつく。

だが、一党は槌太郎を一秋に托し、船の前に立ち塞がり捨て石となり、一秋が巧みに艪《ろ》を操り、遂に船は川へ漕《こ》ぎ出したのだ。

「おのれ……」

捕吏は何とかして止めんとすれど、一党は次々に倒れながら見事に守り切った。

倒れゆく若い武士達を見ていると、柳之助の怒りは湧き立った。

「岸を走って追いかけます……」

千秋はお花と二人で走り出そうとしたが、そこへ、猛烈な勢いで一艘《そう》の猪牙舟《ちょきぶね》が岸へと寄ってきた。

たちまち、柳之助と千秋の顔に赤味がさした。

猪牙舟は二挺艪《にちょうろ》で、船頭の一人は千秋の叔父・勘兵衛であった。

九平次は〝善喜堂〟と共に、江戸橋の船宿〝よど屋〟を訪ねて今宵の戦いについて伝えていた。

「恐らく神田川から大川へと、船で出て逃げるつもりであろうよ」

勘兵衛は、自ら船宿から猪牙を出し、神田川へと進めたのだ。

舟に乗っていた九平次がとび下りると、柳之助、千秋、お花が飛び乗った。

「さあ、旦那！」

「よし！　逃がさねえぞ……」

勘兵衛が腕利きの船頭と組んで漕ぐのだ。舟は速さを増した。

すると、松尾槌太郎を乗せた船が、米川一秋の操船によって水面を滑っているのが見えた。

夜の川には荷船も見られる。それに紛れたつもりが、自分達の船に猛迫する一艘を見て槌太郎は動揺した。

その舟が敵だと確信した槌太郎は、半弓に矢を番《つが》えた。

だが、彼が矢を放つ前に、勘兵衛の舟に用意されていた半弓二張をそれぞれ手にした千秋とお花が、矢を射ていた。

それは実に正確に槌太郎の左手と右胸に突き立った。

「それ！」

勘兵衛は槌太郎の荷船に猪牙をぶつけた。

よろめく一秋に、抜刀した柳之助が荷船に飛び乗り一太刀をくれると、その場に蹲《うずくま》る槌太郎に切っ先を突きつけ、った。


「何故、女を殺した……」

恐ろしい形相で睨みつけた。

「ふッ、男に惚れて、志を変えたからだ」

槌太郎は大博奕《おおばくち》に負けたことを悟り、せめて志士の威厳を示さんとして、静かに言った。

「志だと……。お前はただの盗人だ。金を得て、己が欲に転んで、志を変えたのはお前の方だ。とどのつまり、お前も三雲丹波守も北村東悦も同じだ」

「ふん、隠密廻り風情が何を言う」

「おれは、ただの通りすがりの者だ」

柳之助は、言うや刀の峰で槌太郎の眉間を打った。

――おふみ、お前の仇は討ったぞ。これで料簡《りようけん》しておくれ。

冬の冷たい川風を総身に受けながら、自分に惚れたがために命を失った一人の女に、柳之助は心の内で語りかけていた。

（十）

奥高家、三雲丹波守は、屋敷を荒らされた上に、ほぼ迎撃も出来ずにいた武道不心得と、蔵の中から外へと放り出された品に、不届きなる素行が認められると咎められ、公儀より厳しい詰問を受けた。

元より丹波守を快く思っていなかった幕府の重役達は、容赦しなかった。

しかし、名族・三雲家の名を惜しむ声もあり、丹波守が、一連の素人娘を集めるための行き過ぎた行為を自白したので、隠居の上、永蟄居《えいちっきょ》と処されることになった。

これで丹波守は終生、屋敷の一室に謹慎することになる。

その間次々と真実が明らかになった。

悪党・彦右衛門の用心棒をしたことがあったのが本橋道四郎で、本橋は乾分の仁助を彦右衛門に付けて、女の世話をさせた。

彦右衛門は、本橋を元締として仁助に町娘を集めさせ、それをもって色狂いの北村東悦に取り入り、さらに東悦からの紹介で、本橋が三雲家に書籍の納入名目で出入りするようになったのだ。

仁助の他にも、娘達を騙して働かせた者はいるらしい。

〝神隠し〟として行方知れずになった、おえい、おきぬ、おくまたちは、この連中に本橋によって遠くの遊里に売られたと思われる。

だがその辺りの捜査は、定町廻り同心・外山壮三郎によって進められ、続々と町の遊び人が捕えられ、行方知れずとなった娘達もやがて見つけられることになろう。

奉行・筒井和泉守の意に反して、三雲邸へ忍び入った芦川柳之助であったが、

「この度のことは真にもって……」

和泉守に目通りを願い平伏すると、和泉守は柳之助の言葉を遮るように、

「真にもって面妖じゃ。通りすがりの武士が何人も三雲家の屋敷の急を見て、助太刀したと聞いたぞ」

「あ、いや、それは……」

「しかも、名も告げずに敵を打ち倒したと思うと、いつの間にやら立ち去ったとか。今時そのような武士もいるのじゃのう。よくぞ、あの嫌われ者の家中の者共を気遣い、助けてやってくれたものじゃ。奉行自ら会《お》うて賞したいところじゃ」

和泉守はそう言うとニヤリと笑った。

柳之助の行動を、彼を取り巻く妻・千秋と、〝善喜堂〟の面々が放ってはおくまい

ことなど、和泉守は既に読んでいたのだ。

隠密廻り同心として、この度の一件もよくぞ表に出ずに働いてくれた——。

和泉守は言外にそう言っている。ここは黙って引き下がるべきであろう。

「忝うございまする。ますます務めに励みとうございまする……」

柳之助はそれだけを告げて、その場は辞去したのであった。

松尾一党は尽《ことごと》く捕えられた。

世直しの気概は買われても、とどのつまりは押し込み強盗と変わらぬ暴挙である。

松尾槌太郎と米川一秋は斬首になろうが、せめて師を敬い、身を挺した者達は、武士の情けで切腹にしてやりたい。

和泉守はそう思っているようだ。

おいとという娘の身投げに端を発したこの度の事件も、幾つもの哀切を飲み込み、終焉《しゅうえん》に向かっていた。

しかし、女の死を二度までのあたりにした柳之助の心は、すぐには晴れなかった。

日々の勤めに励みながらも、時折は思いつめたような顔で、空を見上げてふっと息をつく姿が目立った。

「千秋とお花がいなければどうなっていたことか知れねえよ」

柳之助はつくづくと言って、強い妻を娶《めと》った自分は幸せものだと、千秋を称えたものだが、

「旦那様のお心の中には、おふみさんの姿が焼きついてしまっているのでは……」

死んでしまったからよけいに、その想いが残るのではないかと、千秋は気が気でなかった。

「柳之助は時折、あのようになるのですよ。大きくなる節目にね」

義母の夏枝はそんな嫁の心情を察して、そっと耳打ちをした。

「わたしにはよくわかりますよ。今、柳之助は神仏を崇めるように、妻を慈しんでいるとね……」

言われて千秋は天にも昇るような気持ちで畏まってみせる。

色々とあり過ぎた文政十年（一八二七）もいよいよ暮れようとしていた。

すっかりとふくよかさを取り戻した千秋の髪に、幸せの印である銀の玉簪が、冬の淡い陽光にきらきらと輝いていた。

小学館文庫
好評既刊

八丁堀強妻物語

岡本さとる

ISBN978-4-09-407119-1

日本橋にある将軍家御用達の扇店〝善喜堂《ぜんきどう》〟の娘である千秋は、方々の大店から「是非うちの嫁に……」と声がかかるほどの人気者。ただ、どんな良縁が持ち込まれても、どこか物足りなさを感じ首を縦には振らなかった。そんなある日、千秋は常磐《ときわ》津《ず》の師匠の家に向かう道中で、八丁堀同心である芦川柳之助と出会い、その凛々しさに一目惚れをしてしまう。こうして心の底から恋うる相手にようやく出会えたのだったが、千秋には柳之助に絶対に言えない、ある秘密があり——。「取次屋栄三」「居酒屋お夏」の大人気作家が描く、涙あり笑いありの新たな夫婦捕物帳、開幕！

人情江戸飛脚
月踊り

坂岡 真

ISBN978-4-09-407118-4

どぶ鼠の伝次は余所様《よそさま》の隠し事を探る商売、影聞きで食べている。その伝次、飛脚を商う兎屋の主で、奇妙な髷《まげ》に傾《かぶ》いた着物をまとう粋人の浮世之介にお呼ばれされた。瀟洒《しようしや》な棲家《すみか》狢亭《むじなてい》に上がると、筆と硯《すずり》を扱う老舗大店の隠居・善左衛門が——。倅の嫁おすまに悪い虫がついたらしく、内々に調べてほしいという。「首尾よく間男と縁を切らせたら、手切れ金の一割、千両なら百両を払う」と約束する隠居に、生唾を飲み込む伝次。ところが、思わぬ流れとなり、邪な渦に呑み込まれ……。風変わりで謎の多い浮世之介とともに弱きを救い、悪に鉄槌《てつつい》を下す、痛快無比の第１弾！

小学館文庫
好評既刊

勘定侍 柳生真剣勝負〈一〉召喚

上田秀人

ISBN978-4-09-406743-9

大坂一と言われる唐物問屋淡海《おうみ》屋の孫·一夜は、突然現れた柳生家の者に御家を救えと、無理やり召し出された。ことは、惣目付《そうめつけ》の柳生宗矩《むねのり》が老中·堀田加賀守《かがのかみ》より伝えられた、四千石の加増にはじまる。本禄と合わせて一万石、晴れて大名となった柳生家。が、大名を監察する惣目付が大名になっては都合が悪い。案の定、宗矩は役目を解かれ、監察される側に立たされてしまう。惣目付時代に買った恨みから、難癖をつけられぬよう宗矩が考えた秘策が一夜だったのだ。しかしなぜ召し出すのが商人なのか？　廻国中の柳生十兵衛も呼び戻されて。風雲急を告げる第１弾！

小学館文庫
好評既刊

さんばん侍
利と仁

杉山大二郎

ISBN978-4-09-406886-3

二十四歳の鈴木颯馬《そうま》は、元は町人の子。幼くして父を亡くし、母とふたりの貧乏暮らしが長かった。縁あって、手習い所で働くうち、大器の片鱗《へんりん》を見せはじめた颯馬だが、十五歳の時に母も病で亡くし、天涯孤独の身となってしまう。が、捨てる神あれば拾う神あり。ひょんなことから、田中藩江戸屋敷に勤める鈴木武治郎に才を買われ、めでたく養子に。だが、勘定方に出仕したのも束の間、田中藩領を我が物にせんとする老中格の田沼意次《おきつぐ》と戦うことに。藩を救うべく、訳ありで、酒問屋麒麟《きりん》屋の番頭となった颯馬に立ち塞《ふさ》がる壁、また壁！　江戸の剣客商い娯楽小説第１弾！

小学館文庫
好評既刊

城下町奉行日記
熊本城の罠

井川香四郎

ISBN978-4-09-407112-2

「諸国の城を見聞してまいるのだ！」――江戸城の天守を再建すると言い出した八代将軍・徳川吉宗の鶴の一声で突然、御城奉行に任じられた旗本の一色駿之介。許嫁・結実との祝言を挙げる暇もなく、中間の金作を供として、涙ながらに肥後熊本へ出立する羽目に。着いたら着いたで、公儀隠密に間違われるわ、人さらいに巻き込まれるわ、ついには藩主・細川家の御家騒動にまで足を突っ込むことになるわで……。『城下町事件記者』で活躍する一色駿作のご先祖様が難事件の謎を叩っ斬る！　江戸から読むか、現代から読むか？「城下町・一色家シリーズ」の江戸時代版！

小学館文庫
好評既刊

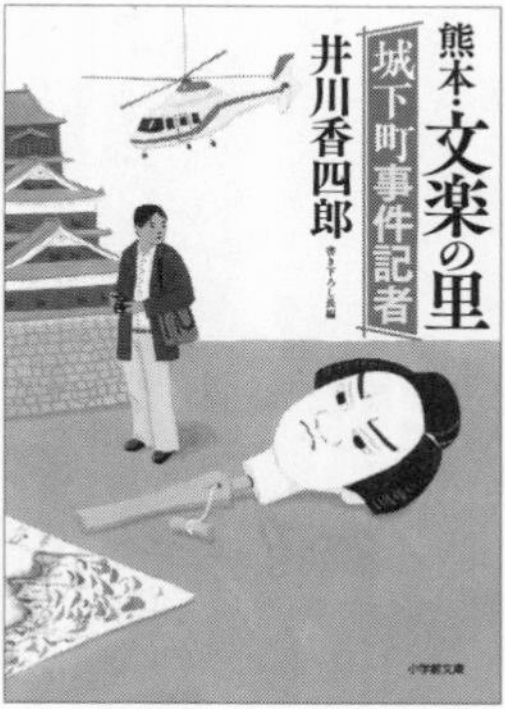

城下町事件記者
熊本・文楽の里

井川香四郎

ISBN978-4-09-407111-5

人間国宝が殺された！　被害者は『人形の豊国』当主・百舌目《もずめ》寿郎、熊本に住む文楽人形師だ。凶器は名刀ニッカリ青江による刺殺という。家族や弟子たちによる相続争いなのか？　毎朝新報社熊本支局に着任したばかりの記者・一色駿作は動揺する。まさかついさっき熊本城で偶然出会った老人が殺されるとは——。早速取材を開始すると、容疑者として刀剣店『咲花堂』の女性店主・上条綸子が浮かんできたが……。『城下町奉行日記』で活躍する一色駿之介の血を引く子孫が怪事件の謎を解く！江戸から読むか、現代から読むか？「城下町・一色家シリーズ」の現代版！

小学館文庫
好評既刊

うちの宿六が十手持ちですみません

神楽坂 淳

ISBN978-4-09-406873-3

江戸柳橋で一番人気の芸者の菊弥は、男まさりで気風《きっぷ》がよい。芸は売っても身は売らないを地でいっている。芸者仲間からの信頼も厚い菊弥だが、ただ一つ欠点が。実はダメ男好きなのだ。恋人で岡っ引きの北斗は、どこからどう見てもダメ男。しかも、自分はデキる男と思い込んでいる。なのに恋心が吹っ切れない。その北斗が「菊弥馴染みの大店が盗賊に狙われている」と知らせに来た。が、事件を解決しているのか、引っかき回しているのか分からない北斗を見て、菊弥はひとり呟くのだった。「世間のみなさま、すみません」――気鋭の人気作家が描く、捕物帖第１弾！

小学館文庫
好評既刊

徒目付 情理の探索
純白の死

青木主水

ISBN978-4-09-406785-9

上司である公儀目付の影山平太郎から命を受けた、徒目付《かちめつけ》の望月丈ノ介は、さっそく相方の福原伊織へ報告するため、組屋敷へ向かった。二人一組で役目を遂行するのが徒目付なのだ。正義感にあふれ、剣術をよく遣う丈ノ介と、かたや身体は弱いが、推理と洞察の力は天下一品の伊織。ふたりは影山の「小普請《こぶしん》組前川左近の新番組頭への登用が内定した。ついては行状を調べよ」との言に、まずは聞き込みからはじめる。すぐに左近が文武両道の武士と知れたはいいが、双子の弟で、勘当された右近の存在を耳にし——。最後に、大どんでん返しが待ち受ける、本格派の捕物帳！

小学館文庫
好評既刊

突きの鬼一

鈴木英治

ISBN978-4-09-406544-2

美濃北山三万石の主百目鬼一郎太の楽しみは月に一度の賭場通いだ。秘密の抜け穴を通り、城下外れの賭場に現れた一郎太が、あろうことか、命を狙われた。頭格は大垣半象、二天一流の遣い手で、国家老・黒岩監物の配下だ。突きの鬼一と異名をとる一郎太は二十人以上を斬り捨てて虎口を脱する。だが、襲撃者の中に城代家老・伊吹勘助の倅で、一郎太が打ち出した年貢半減令に賛同していた進兵衛がいた。俺の策は家臣を苦しめていたのか。忸怩たる思いの一郎太は藩主の座を降りることを即刻決意、実母桜香院が偏愛する弟・重二郎に後事を託して単身、江戸に向かう。

小学館文庫
好評既刊

春風同心十手日記〈一〉

佐々木裕一

ISBN978-4-09-406843-6

定町廻り同心の夏木慎吾が殺しのあったという深川の長屋に出張ってみると、包丁で心臓を刺されたままの竹三が土間で冷たくなっていた。近くに女物の匂い袋が落ちていたところを見ると、一月前に家を出ていった女房おくにの仕業らしい。竹三は酒癖が悪く、毎晩飲んでは、暴力をふるっていたらしいのだ。岡っ引きの五六蔵や女医の華山らに助けを借りて探索をはじめた慎吾だったが、すぐに手詰まってしまい……。頭を抱えて帰宅した慎吾の前に、なんと北町奉行の榊原忠之が現れた!?　しかも、娘の静香まで連れているのは、一体なぜ？　王道の捕物帳、シリーズ第１弾！

小学館文庫
好評既刊

看取り医 独庵

根津潤太郎

ISBN978-4-09-407003-3

浅草諏訪町で開業する独庵こと壬生玄宗は江戸で評判の名医。診療所を切り盛りする女中のすず、代診の弟子・市蔵ともども休む暇もない。医者の本分は患者に希望を与えることだと思い至った独庵は、治療取り止めも辞さない。そんな独庵に妙な往診依頼が舞い込む。材木問屋の主・徳右衛門が、憑かれたように薪割りを始めたという。早速、探索役の絵師・久米吉に調べさせたところ、思いもよらぬ仇討ち話が浮かび上がってくる。看取り医にして馬庭念流の遣い手・独庵が悪を一刀両断する痛快書き下ろし時代小説。2021年啓文堂書店時代小説文庫大賞第１位受賞。

小学館文庫
好評既刊

看取り医　独庵
漆黒坂

根津潤太郎

ISBN978-4-09-407072-9

浅草諏訪町の診療所に岡崎良庵という小石川養生所の医師が現われた。患者を診てもらいたいという。代診の市蔵と養生所に出向いた独庵だが、売れっ子の戯作者だという患者の診立てがつかない。しかし、独庵の気掛かりはそれだけではなかった。ごみ溜めのような養生所の有り様、看病中間の荒んだ振る舞い、独庵の腕を試すような良庵の言動……。養生所にはなにかある！　独庵は探索役の絵師・久米吉に病と称して養生所に入れ、と命ずる。江戸随一の名医にして馬庭念流の遣い手が諸悪の根源を断つ！　2021年啓文堂書店時代小説文庫大賞第１位受賞作の第２弾。

――本書のプロフィール――

本書は、小学館文庫のために書き下ろされた作品です。

小学館文庫

銀《ぎん》の玉簪《ぎょくしん》　八丁堀《はっちょうぼり》強妻《きょうさい》物語《ものがたり》〈二〉

著者　岡本《おかもと》さとる

二〇二二年十月十一日　初版第一刷発行

発行人　石川和男
発行所　株式会社　小学館
〒一〇一-八〇〇一
東京都千代田区一ツ橋二-三-一
電話　編集〇三-三二三〇-五九五九
　　　販売〇三-五二八一-三五五五
印刷所――大日本印刷株式会社

この文庫の詳しい内容はインターネットで24時間ご覧になれます。
小学館公式ホームページ　https://www.shogakukan.co.jp

ISBN978-4-09-407191-7